BBULMEDIA

스타일라이프

스타라이프

1판 1쇄 찍음 2018년 1월 12일
1판 1쇄 펴냄 2018년 1월 19일

지은이 | 정사부
펴낸이 | 정 필
펴낸곳 | 도서출판 **뿔미디어**

편집장 | 김대식
기획 · 편집 | 문정흠

출판등록 | 2002년 9월 11일 (제1081-1-132호)
주소 | 경기도 부천시 원미구 소향로 17번길(두성프라자) 303호 (우) 14544
전화 | 032)651-6513 / 팩스 032)651-6094
E-mail | bbulmedia@hanmail.net
비북스 | http://www.b-books.co.kr

값 8,000원

ISBN 979-11-315-8579-5 04810
ISBN 979-11-315-8292-3 04810 (세트)

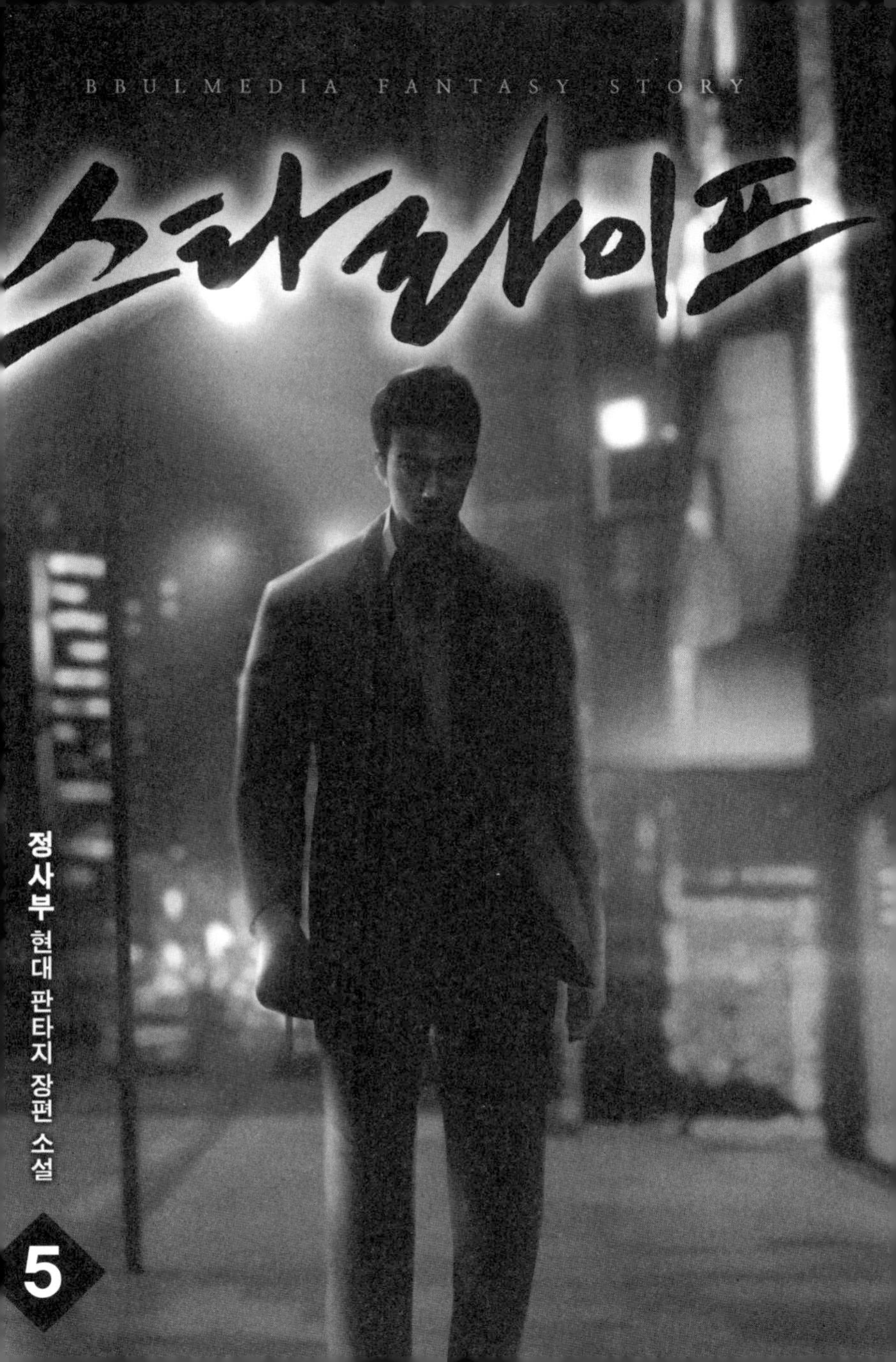
BBULMEDIA FANTASY STORY
스타라이프
정사부 현대 판타지 장편 소설
5

C O N T E N T S

Chapter 1 은밀한 유혹 … 7

Chapter 2 연기 도전 … 41

Chapter 3 활동 영역을 넓히다 … 77

Chapter 4 문화 TV 수목 드라마 울프독 … 115

Chapter 5 런인맨 … 155

Chapter 6 종횡무진 … 193

Chapter 7 일본 진출 … 239

Chapter 8 사고를 치다 … 277

Chapter 1

은밀한 유혹

빵! 빵!

고려 호텔 정문에 서 있던 수현은 클랙슨 소리에 고개를 돌렸다.

그곳에는 소형 밴 한 대가 정차를 하고 있었다.

자세히 보니 운전석에 있던 사람이 창문을 열고 자신을 향해 손짓을 하는 것이 보였다.

"왔나 보군."

작게 중얼거린 수현은 차로 다가갔다.

"어서 타."

운전석에 있던 사내는 수현이 다가오자 창문을 열고 말

했다.

"아, 대리님."

운전석에 있던 사람은 바로 수현이 있는 킹덤 엔터의 지원 3팀 대리였다.

실장인 전창걸 밑에 있으면서 로열 가드가 유닛 활동을 할 때 가끔 본 매니저다.

"늦었다. 어서 가자!"

"네, 애들은 스케줄 끝났나요?"

멤버들은 자신과 다르게 케이블 TV 촬영장으로 갔다.

"아니, 다른 애들은 촬영이 좀 더 있어야 할 것 같다더라."

조금섭 대리는 수현의 질문에 운전을 하면서 대답했다.

"그래요."

대답을 한 수현은 자신을 픽업하러 올 매니저를 기다리다 조금 전 파티장을 나올 때 받았던 명함을 꺼내 보았다.

검정색 바탕에 금박으로 된 명함이었는데, 거기에는 커다란 글씨로 '호산'이라는 글자와 관장 최유라라는 직책과 이름이 가장 먼저 눈에 들어왔다.

그리고 밑에 작은 글씨로 전화번호와 이메일 주소가 쓰여 있었다.

또 뒷면에는 영어로 된 똑같은 내용이 적혀 있는 명함이었다.

'음!'

명함을 내려다본 수현은 자신도 모르게 작게 신음을 하였다.

그런 수현의 모습을 운전을 하던 조금섭 대리가 룸미러를 통해 보았지만, 뭔가 고민이 있는 것 같은 수현의 모습에 관심을 끊고 운전을 하였다.

*　　　*　　　*

덜컹!

문을 열고 나온 수현은 작게 한숨을 쉬었다.

"하!"

작게 한숨을 쉬고 고개를 한 바퀴 돌리며 긴장했던 목을 풀었다.

드드득!

목에서는 목뼈가 부딪히는 소리가 작게 들렸지만, 수현은 그 소리를 들으며 어느 정도 긴장이 풀리는 느낌을 받았다.

무려 한 시간이나 재벌가 손녀의 생일 파티에 있었다.

원래 그런 스케줄이 있던 것도 아닌, 느닷없이 바뀐 스케줄인데다가 오늘 스케줄은, 아니, 방금 이곳에서 보낸 한 시간은 보통 사람과는 다른 체력을 가진 수현임에도 상당한 정신력을 소비하게 할 정도였다.

어느 정도였냐면, 이제는 오를 대로 올라 어떻게 해도 오르지 않던 정신 스탯이 1이 올랐다.

황미영의 생일 파티 장소인 그랜드 홀을 나온 수현은 발걸음을 옮겨 호텔 로비로 걸어갔다.

그러면서 주머니에서 휴대폰을 꺼내 메시지를 확인했다.

[나는 급한 일이 있어 먼저 간다. 네 픽업은 회사에서 다른 사람이 올 것이니 개인행동 하지 말고 기다려라!]

문자는 이곳으로 자신을 데려온 김재원 전무가 남긴 것이었다.

문자를 확인한 수현이 막 호텔 현관을 나가려고 할 때, 누군가 자신의 팔을 잡는 것을 느꼈다.

"누구?"

수현은 자신의 팔을 잡아오는 누군가의 정체를 확인하기 위해 고개를 돌려 얼굴을 보았다. 조금 전 생일 파티 주인공의 어머니라는 것을 금방 깨달았다.

"무슨 더 하실 이야기가 있으신가요?"

자신은 오늘 약속된 스케줄을 모두 소화를 했는데, 붙잡는 그녀가 이해가 가지 않아 물었다.

그런 수현의 질문에 최유라는 살짝 상기된 표정으로 잠시 수현의 얼굴을 올려다보았다.

162㎝의 키에 굽이 높은 하이힐을 신고 있었지만 180이 넘는 키에 스케줄을 막 끝내고 납치를 당하듯 김재원 전무를 따라 이곳에 오는 바람에 무대용 구두를 벗지 못해 수현의 키는 190㎝가 넘었다.

수현이 신고 있는 신발은 방송용 신발이라 보이지 않는 안쪽에 5㎝의 키 높이 깔창이 들어 있었기 때문이다.

원래 키가 큰 수현이기에 굳이 키 높이 깔창이 필요 없었지만, 방송용 카메라에 보다 좋은 화면을 만들기 위해선 어쩔 수 없었다.

그러니 아무리 최유라가 하이힐을 신고 있다고 해도 수현과는 20㎝ 이상의 키 차이를 보일 수밖에 없어 이렇게 가까운 곳에서 수현의 얼굴을 보기 위해선 고개를 들고 보아야 했다.

처음 수현이 그랜드 홀의 문을 열고 들어올 때, 이미 수현의 모습에 홀린 최유라다.

그런데 이렇게 가까운 곳에서 단둘이 마주하자 그녀는 심장이 마구 요동치는 것을 주체할 수가 없었다.

'아, 내가 왜 이러지!'

정말이지 주체할 수 없이 두근거리는 심장 때문에 최유라는 혹시나 수현이 이런 자신의 상태를 알게 될까 부끄러웠다.

최유라는 한 시간 전 수현이 등장하고 자신과 딸 미영의 곁으로 다가와 짧은 인사를 주고받은 뒤 뒤로 물러났었다.

사실 그때도 마음 같아선 조금 더 수현의 곁에 머물고 싶었다.

하지만 오늘의 주인공은 자신이 아니라 딸인 미영이었다.

딸의 생일 파티였고, 또 딸의 부탁으로 연예인인 수현을 섭외하였다.

그런 곳에 자신이 남아 있는 것은 자칫 딸과의 사이를 이상하게 만들 수 있었고, 또 계속 남아 있는 것이 뭔가 자연스럽지 않다는 생각에 자리에서 물러났다.

하지만 마치 10대 소녀가 첫사랑을 만났을 때와 같은 느낌을 받은 그녀는 자리를 떠났으면서도 수현에게서 시선을 뗄 수가 없었다.

남편과 이야기를 할 때도, 또 집안 친척들과 그리고 사업 파트너들과 이야기를 할 때도 그러했다.

나중에는 도저히 마음을 주체할 수 없어 홀로 시간을 보내기도 했다.

그러다 도저히 수현에게로 향하는 자신을 주체할 수가 없어 수현에 대해 좀 더 알아보기 위해 조사해 보았다.

군대를 다녀오고 유명 스타의 경호원을 하다 모델로 발탁이 되고, 최근에는 아이돌 가수가 되었다는 것을 알게 되었다.

그리고 수현이 생각보다 인맥이 괜찮다는 것을 알게 되었지만, 태생부터 금수저를 물고 태어난 최유라가 보기에는 부족한 것이 많아 보였다.

짧은 연예계 생활에도 연예인으로서 상당한 영향력을 가진 이들과 인연을 맺고 있는 것이 눈에 띄기는 하지만 그뿐이다.

그래서 최유라는 뭔가 결심을 하게 되었다.

그것은 바로 흔히 말하는 스폰이라는 것이었다.

말도 많고 탈도 많은 것이 연예인 스폰이었지만, 최유라는 그동안 그런 것에는 관심을 두지 않았다.

자신의 친구들이 남편의 바람에 맞불을 놓듯 그녀들도 잘생긴 연예인들과 연애를 한다는 이야기를 들었지만, 최유라는 그런 친구들을 폄하하며 오히려 그럴수록 그녀는 자신의 일에 몰두를 하여 지금의 자리에 올랐다.

친구들이 잘생긴 남자와 위험한 장난에 몰두할 때, 그녀는 대한민국에서도 최고로 치는 사설 미술관 관장이 되었다.

직위와 명예욕이 강한 그녀로서는 친구들이나 어린 여자들과 외도를 하는 남편이 이해가 가지 않았다.

그런데 오늘 최유라는 처음으로 그렇게 혐오하던 스폰이라는 것을 머릿속에 그려보았다.

그리고 그렇게 떠올린 그림이 결코 나쁘지 않았다.

남들이 하지 않는 것이었다면 모르겠지만, 주변에 이런

것을 생각만 하는 것이 아니라 이미 실천을 하고 있는 이들이 있다 보니 터부로 느껴지지 않았다.

아니, 오히려 자신 정도의 위치에 있는 이들이라면 당연한 것이라 하는 생각마저 들었다.

평소의 그녀였다면 그런 생각이 자기 합리화라는 것을 금방 깨달았을 것이지만, 이미 콩깍지가 두 눈에 낀 그녀다.

거기에 딸의 생일 파티 중 준비된 술도 몇 잔 마셨다.

사업 파트너들과 이야기를 하면서, 또 수현에게 끌리는 자신의 마음을 진정시키기 위해 마셨던 샴페인은 그녀의 마음을 진정시키기보단 단단한 이성을 마비시키며, 그녀의 내면 깊은 곳에 잠들어 있던 감성을 깨웠다.

그런데 감성을 깨우는 과정에서 성공에 대한 욕망으로 억눌러 두었던 또 다른 그녀의 본성이 깨어났다.

그 뒤로 최유라는 누구나 하는 것이란 자기 합리화와 수현에 대한 설렘이 맞물려 스케줄을 마치고 떠나는 수현을 찾게 만들었다.

"오늘 딸의 생일 파티에 와줘서 고마워요."

평소의 그녀라고는 볼 수 없을 정도로 조신한 말투였지만, 그녀는 그것을 인식하지 못했다.

한편 수현은 오늘 파티의 주인공이었던 미영의 어머니인 최유라를 보며 살짝 고개를 갸웃했다.

수현은 이곳에 오는 동안 김재원 전무에게 주의 사항을

들었다.

파티의 주인공은 재벌가 오너 일가인 재벌 3세였다.

자신이 속한 연예계와 재벌가는 떼려야 뗄 수 없는 관계를 가지고 있다.

그러니 아무리 어린 아이들의 생일 파티라 해도 언변에 조심을 해야만 한다는 것이었다.

수현도 군대를 갔다 오고 사회생활을 하면서 현대 사회에서 돈이 가진 힘을 잘 알고 있어 김재원 전무가 무슨 이유로 그런 이야기를 하는 것인지 잘 알았다.

그래서 김재원 전무의 주의에 그도 조심을 했다.

파티의 주인공의 곁에서 그녀의 이야기를 들어주고 또 그녀의 친구들과도 자신이 할 수 있는 최선을 다해 비위를 맞춰주었다.

자신보다 한참 어린 친구들의 비위를 맞추는 것은 정신적으로 힘들었지만 꿋꿋하게 참았다.

그 때문인지 시스템은 정신 스탯 1 상승이라는 보상을 주었다.

힘들었던 만큼 보상이 있었기에 수현은 최유라의 말에 이곳으로 오는 도중 김재원 전무에게 들은 것도 있었기에 끝까지 긴장을 놓지 않고 대답을 하였다.

"아닙니다. 오늘 이곳에 오면서 새로운 경험을 했습니다."

아닌 게 아니라 수현은 상류 사회의 이런 문화를 처음 경험해 보았다.

물론 이전에 최유진과 같은 유명 스타들의 생일 파티에 가본 경험은 있다.

그 파티 또한 슈퍼스타의 파티라 그런지 무척이나 화려하였다.

하지만 겉으로만 화려한 그런 파티와 오늘 수현이 경험한 상류층의 파티는 분위기부터 달랐다.

화려함 속에서도 뭔가 사람들의 마음을 편하게 한다고 해야 할지, 아니면 뭔가 무게감이라고나 할지 그런 분위기가 함께하였다.

이런 것은 누가 따라 한다고 해서 나올 수 있는 분위기가 아니었다.

수현의 대답에 최유라는 눈에 이채를 띠었다.

그녀는 수현의 대답 속에서 뭔가는 느낀 것인지 입가에 살짝 미소를 머금었다.

"좀 급하게 섭외를 하느라 결례가 아닌가 하여 미안한 마음이 있었는데, 기분이 나쁘지 않은 것 같으니 마음이 한결 나아지네요."

최유라는 미소를 지으며 이야기를 하다 손에 들고 있던 작은 백에서 자신의 명함을 꺼내 수현에게 주었다.

"아까 이야기했나 모르겠네, 호산 갤러리 관장으로 있어

요. 미술에 관심이 있으면 한 번 찾아와요. 아니다. 오늘 고마운 마음을 표하고 싶으니 언제 시간이 돼요?"

명함을 건네던 최유라는 들뜬 마음에 평소 그녀라면 생각 지도 않는 제안을 하였다.

그런 것도 모르는 수현은 최유라가 무엇 때문에 자신에게 이렇게 적극적으로 구는 것인지 알 수가 없었다.

다만 들은 것이 있기에 실수를 하면 안 된다는 생각에 대답을 하였다.

"스케줄을 다 알지 못해 바로 대답을 하기가 좀……."

정중히 거절을 하는 수현의 말에 최유라도 순간 정신이 돌아왔다.

"알겠어요. 제 말에 너무 부담 가지지 말아요."

자신의 호의에 거절을 하는 수현의 대답에 살짝 기분이 나쁘면서도 또 다른 한편으로는 자신의 호의를 거절하는 수현이 새롭게 느껴지기도 했다.

연예인이라 자신이 보인 호의가 어떤 의미인지 알고 있을 텐데도 불구하고 상대가 기분이 나쁘지 않게 정중하게 거절하는 것이 마치 자신을 배려하는 듯 느껴졌기 때문이다.

"그동안 일이 바빠 딸아이를 잘 챙겨주지 못해 관계가 소원했는데, 수현 씨 때문에 관계가 좋아진 것에 대한 보답을 하고 싶은 것이니, 나중에라도 다시 연락하면 그때는 거절하지 말아요."

최유라는 그렇게 수현의 거절에도 별로 기분 나빠하지 않고 자리를 떠났다.

더 이야기를 하다가는 수현의 입에서 거절의 말이 나올 것만 같아 자리를 피한 것이다.

한편 그런 최유라의 모습에 수현은 잠시 뒤돌아 가는 최유라의 뒷모습을 지그시 지켜보았다.

*   *   *

쏴아!

숙소로 돌아온 수현은 화장실로 들어가 샤워 부스 안에서 물을 틀었다.

샤워기에서는 차가운 물줄기가 내렸지만, 수현은 개의치 않고 차가운 물줄기를 맞았다.

아직 3월도 되지 않은 때라 샤워기에서 내리는 물줄기는 얼음처럼 차가웠다.

하지만 그 때문에 피곤했던 정신이 번쩍 들었다.

"후!"

촤아! 촤아!

머리를 적시는 물줄기를 맞으며 머리를 감고 세수를 하였다.

보통 사람이라면 얼음처럼 차가운 물 기운에 얼른 물을

온수로 바꾸었을 것이지만, 남들보다 특별한 수현의 몸은 이런 차가운 물도 상관이 없었다.

아니, 오히려 정신적 피로로 정신이 몽롱했던 것이 찬물의 온도로 인해 차릴 수 있어 더욱 좋았다.

찬물로 샤워를 마친 수현은 숙소에서 입는 가벼운 트레이닝복으로 갈아입고 밖으로 나왔다.

늦은 시각이었지만 로열 가드의 다른 멤버들은 케이블 방송의 스케줄이 아직 끝나지 않아 조금 더 늦을 것이라 혼자 숙소에 있다.

잠시 거실을 서성이던 수현은 멍하니 무엇을 할까 생각을 하였다.

그러다 문득 멤버들이 왔을 때 출출할 것 같다는 생각이 들었다.

"그래, 애들이 돌아오면 배가 고프다고 할 테지."

여자 아이돌 그룹이라면 생각지도 못할 일이지만, 자신들은 몸매 관리를 할 필요가 없지 않은가, 어차피 매일 격렬한 댄스를 추느라 야식을 먹는다 해도 살이 찔 염려가 없었다.

수현은 멤버들이 돌아오기 전, 간단한 야식을 만들 생각에 주방으로 갔다.

탁!

"뭐가 있으려나?"

홀로 냉장고를 확인하던 수현은 재료가 몇 개 없는 것을 보며 나중에 시간을 내서 장을 봐야겠다는 생각을 하고는 남은 재료를 이용해 저녁에 먹어도 부담이 되지 않을 간단한 음식을 하기 시작했다.

어차피 요리 자격증이 있는 것도 아니고 수현이 할 수 있는 음식은 몇 가지 없었다.

군대에 있을 때, 취사반 사역을 나가 취사병에게 배운 아주 간단한 몇 가지인데, 그것을 하려는 것이다.

그렇게 수현은 간단한 야식을 만들어놓고 식탁 위에 올려두었다.

야식 옆에는 배고프면 먹으라는 메모와 함께 과일도 몇 개 함께 놓고는 잠을 자러갔다.

*   *   *

미영은 집에 도착하자마자 최유라를 찾았다.

그리고는 엄마인 최유라의 몸을 끌어안으며 인사를 하였다.

"엄마! 고마워!"

"응?"

"히히, 오늘 친구들이 어땠는지 알아?"

"어땠는데?"

최유라는 흥분해 방방 뜨는 딸을 보며 물었다.

"그동안 친구들이 날 얼마나 무시했는지 알아?"

"응? 그건 또 무슨 소리야?"

최유라는 딸의 말에 눈을 동그랗게 뜨며 물었다.

딸 미영이 다니는 학교가 특수 학교라 학교에 다니는 아이들도 자신들 못지않은 상류층 아이들이다.

비록 자신의 집안이나 시댁이 삼영이나 미래와 같은 대재벌 집안은 아니지만, 그래도 재계 서열 30위권 안에 들어가는 집안이다.

그리고 이것은 겉으로 보이는 회사의 가치 평가만 본 것이지, 회사의 부채나 현금 동원력에서는 10위권 그룹과도 비슷한 능력을 가지고 있었다.

그 때문에 상위 서열의 그룹들이라고 해도 최유라의 집안이나 시댁을 무시하지 못했다.

그런데 딸의 말은 조금 다르게 들렸으니 이를 묻지 않을 수 없었다.

"그건 다 엄마하고 아빠 때문이야!"

"응?"

"아빠랑 엄마가 바쁘다는 핑계로 내겐 별로 관심도 안 보였기 때문에 그런 거야!"

모든 것이 자신과 남편 때문이라는 딸의 말에 최유라는 순간 할 말을 잃었다.

"친구들은 가끔 집에 초대를 해서는 집안의 힘을 과시를 했는데, 난 친구들을 집에 데려와도 뭐 하나 내세울 것이 없잖아!"

미영은 그동안 친구 집에 초대를 받아 갔을 때, 그들이 연예인을 동원했던 이야기를 들려주었다.

그제야 최유라는 무엇 때문에 딸이 자신에게 그런 부탁을 했는지 깨달았다.

솔직히 그녀도 상류층 아이들이 어떻게 놀고 있는지 들어 알고는 있었다.

하지만 굳이 자신도 그렇게 해야 할 필요성을 느끼지 못했기에 관심을 깊게 두지 않았다.

아니, 자신의 친구들이 그들의 자식들에게 그렇게 연예인들을 붙여준 이유를 알기에 더욱 관심을 두지 않았던 것이다.

자식들의 관심을 다른 곳에 돌리고 자신들은 육아에서 벗어나 자유를 느끼기 위해 그런 것이란 것을 알고 있는 최유라는 남편은 모르겠지만 자신은 딸 미영을 돌봐야 한다는 생각에 그런 쪽에는 관심을 두지 않았다.

그런데 자신의 생각과 다르게 지금 미영이 하는 말은 180도 달랐다.

오히려 상류층 아이들은 그런 것을 자신들의 영향력 또는 집안의 힘이라 인식하며 그들의 친구들에게 자랑을 하고 있었던 것이다.

그리고 딸 미영도 그렇게 인식을 하고 있었다.

그제야 자신이 잘못 생각하고 있었음을 깨달았다.

비록 딸 친구들은 일탈을 목적으로, 그 부모들은 자식들의 관심을 돌리기 위한 방편으로 연예인들을 집에 초대를 하고 자식들에게 붙여준 것이지만, 그것 또한 상류층 생활의 일부였던 것이다.

"지수는 이명헌을 집으로 부르기도 했고, 지연이네 집에 갔을 때는 성준기를 보기도 했어."

미영은 지금 엄마가 자신의 말에 어떤 생각을 하고 있는지도 모르고 계속해서 떠들었다.

"그런데 아무도 수현 오빠를 집이나 생일 파티에 초대하지 못했어."

"응? 그건 무슨 소리야? 헐리웃 스타인 이명헌이나 태양의 전사의 주연을 한 성준기를 초대할 정도인데 아이돌 가수를 초대 못한다니."

최유라는 이야기를 듣다 잘 이해가 가지 않는 부분이 있어 물었다.

그러자 미영이 자세히 설명을 하기 시작했다.

"그게… 분명 이명헌이나 성준기가 세계적으로 유명한 스타인 것은 맞는데, 수현 오빠도 그 못지않아! 아니, 우리들 또래에선 어쩌면 더 유명할지도 몰라!"

"응? 그게 정말이니?"

미영의 말에 최유라는 깜짝 놀랐다.

수현을 초대하기 전 최유라는 딸이 원하는 수현이 누구인지 몰라 비서에게 물어보았다.

그러면서 딸이 안달복달 못하는 수현이 누구인지 알게 되었다.

하지만 그뿐이었다. 작년 9월에 데뷔를 한 흔하디흔한 남자 아이돌 가수였다.

물론 오늘 실체를 보고나선 생각이 달라지긴 했지만 그 정도였다.

그런데 딸의 이야기를 들을수록 자신이 생각한 그 이상으로 오늘 본 남자(수현)가 대단한 사람일 수 있다는 생각을 하게 되었다.

"엄마가 로열 가드에 대해 잘 몰라서 그러는데……."

'나도 알 만큼은 안다.'

최유라는 속으로 그렇게 생각을 하였다.

그녀도 로열 가드에 대해 알아볼 만큼은 알아봤기 때문이다.

하지만 계속되는 딸의 이야기에 자신이 너무 단편적으로만 알아봤다는 생각을 하게 되었다.

"로열 가드는 이전의 아이돌 가수들과는 아주 달라!"

미영은 뭐가 그리 흥분되는 것인지 로열 가드에 대해 열변을 토했다.

로열 가드의 멤버 구성에서부터 데뷔와 활동, 그리고 그들이 작년 연말 시상식에서 어떤 상을 탔고, 또 앨범이 얼마나 많은 인기가 있으며, 멤버들마다 어떤 활동을 하고 활약을 했었는지도 엄마에게 들려주었다.

"그런데 이렇게 엄청난 인기를 끌고 있는 로열 가드 중에서도 오늘 내 생일에 온 수현 오빠의 인기는 단연 최고야!"

"그래? 어느 정도인데?"

수현이 로열 가드 멤버 중 최고의 인기인이라는 것을 알고 있으면서도 최유라는 은근한 말투로 미영에게 물었다.

"응, 아까도 이야기 했듯이 수현 오빠는 처음부터 연예인이 된 것은 아니고, 슈퍼스타 최유진의 경호원으로 위기에서 구해준 것은 물론이고, 해코지하려던 범인도 잡았다고 해!"

미영은 수현에 관해 이야기를 하면서 무언가를 꿈꾸듯 눈을 감으며 몸을 부르르 떨었다.

그런 딸의 반응에 최유라는 순간 질투심이 일었다.

자신이 모르는 것을 딸이 알고 있다는 것에 순간 자신도 모르게 질투를 한 것이다.

'어머!'

하지만 그것도 잠시. 자신이 순간 미쳤다는 생각을 했다.

눈앞에 있는 존재는 모르는 사람도 아니고 자신이 열 달

동안 배 아파 낳은 딸이었다.

그런데 오늘 본 남자로 인해 딸에게 질투심을 느끼는 자신의 모습에서 최유라는 살짝 자괴감이 일었다.

그렇지만 그러면서도 또 한편으로는 몇 시간 전에 본 수현의 모습이 머릿속에 떠올라 어쩔 도리가 없었다.

더욱이 집에 오기 전 호텔 로비에서 바로 곁에서 맡은 수현의 체취는 그 어떤 향수의 향보다 최유라의 심장을 뛰게 만들었다.

두 모녀는 한 공간에서 같은 사람을 머릿속에 떠올리며 비슷하면서도 또 다른 생각에 빠져들었다.

그렇게 얼마를 있었던가, 최유라는 얼른 생각에서 벗어나 정신을 차리고 미영에게 이야기를 하였다.

"오늘은 너무 늦었다. 얼른 씻고 자야 내일 학교에 가지."

"네, 알았어요. 아무튼, 엄마! 오늘 내 소원 들어줘서 정말 고마워!"

"아니야. 엄마는 우리 딸이 원하는 것은 뭐든지 들어줄 수 있어. 또 부탁할 것이 있으면 언제든지 이야기해."

"응, 알았어. 그럼 난 그만 내 방으로 올라가 볼게."

"그래, 어서 올라가라."

두 사람은 그렇게 이야기를 끝내고 각자 자신의 방으로 갔다.

탁!

딸 미영을 보내고 자신의 방으로 돌아온 최유라는 침대에 누워 오늘 있었던 일들을 떠올렸다.

아침 출근 전 딸 미영과의 대화 그리고 출근을 하고 갤러리에서의 있었던 일, 딸과의 약속을 지키기 위해 수현이 있는 킹덤 엔터에 영향력을 행사할 수 있는 인사들을 사방으로 연락을 취했던 일 등 기억을 떠올리며 살짝 미소를 지었다.

그러면서 함께 그녀의 머릿속에 떠오른 것은 처음 수현이 호텔 문을 열고 들어올 때 보았던 충격적인 등장이었다.

*   *   *

"누나! 저예요. 뭐 하세요?"

오랜만에 스케줄이 없는 휴일에 수현은 최유진에게 전화를 걸었다.

한 달 전, 회사에서 본 그녀의 표정이 좋지 못했던 것이 생각나 전화를 한 것이다.

물론 당시 잠시 통화를 하긴 했었지만, 컴백 직전이라 시간을 내지 못해 간단하게 통화한 것 이후로 잊고 있었는데, 어제 스케줄을 마치고 오늘은 회사 차원에서 로열 가드에게 휴식을 주기로 했다는 말을 듣고 생각이 났다.

당시 정신이 없던 탓에 그녀의 말만 믿고 그냥 넘겼는데, 뒤늦게 요즘 건강상의 문제로 활동을 전면 중단한 그녀의 소식을 들었다.

"그래요? 그럼 저녁때 우리 술 한잔해요."

수현은 낮에는 시간을 낼 수 없다는 최유진의 대답에 저녁 약속을 제안하였다.

"그럼 그때 봐요."

거절을 하려는 최유진의 말에 수현은 저녁때 보자며 강제로 약속을 정하고 전화를 끊었다.

"음."

최유진과 억지로 약속을 잡은 수현은 잠시 생각을 하다 또다시 누군가에 전화를 걸었다.

"소진 누나! 저 수현이요."

최유진의 매니저인 이소진에게 전화를 걸었다.

그리고 그녀에게 최유진에 대한 질문을 하였다.

한 달 전 회사 로비에서 본 최유진의 상태가 절대로 정상적인 상태는 아니었기에 혹시나 무슨 문제가 있는 것은 아닌지, 만약 문제가 있다면 자신이 도움을 줄 수 있는 일은 없는지 물어보기 위해서다.

하지만 자존심이 강한 최유진이 자신이 물어본다고 해서 대답을 해줄 것이란 생각은 들지 않았다.

그래서 그녀의 매니저인 이소진에게 전화를 해서 물어보려는 것이다.

하지만 이소진 또한 수현의 생각과는 다르게 최유진에 대한 질문에 답은 해주지 않았다.

"네, 알겠어요. 그럼 제가 오늘 저녁에 만나 유진 누나랑 이야기해 볼게요. 네."

이소진과의 통화로도 답답한 마음은 풀리지 않았다.

아니, 이소진과의 통화로 더욱 확실해졌다고 하는 것이 맞았다.

만약 최유진에게 별다른 문제가 없다면 그녀의 매니저인 이소진이 자신에게까지 숨길 이유가 없기 때문이다.

통화를 마친 수현은 자신이 생각한 것보다 최유진의 상태에 문제가 심각하다고 판단을 하고 조심스러워졌다.

*   *   *

아침이 왔다.

침대에서 눈을 뜬 최유진은 한동안 아무것도 하지 않고 그렇게 가만히 있었다.

따르릉! 따르릉!

침대 옆 탁자 위에서 전화벨이 요란하게 울렸다.

하지만 유진은 그러거나 말거나 움직이지 않고 그냥 그대로 있었다.

한동안 울리던 전화벨은 유진이 아무런 행동도 취하지 않자 끊겼다.

하지만 얼마 지나지 않아 또다시 요란하게 울리기 시작했다.

따르릉! 따르릉!

부스럭!

그제야 침대에 꼼짝하지 않던 유진이 몸을 움직여 전화기를 들었다.

전화 액정에 전화를 건 사람의 이름이 떴다.

'수현이네! 무슨 일이지?'

액정에 전화를 건 사람의 이름을 확인한 유진은 잠시 망설이다 전화를 받았다.

"여보세요."

오랜만에 들은 수현의 목소리를 들으니 조금 힘이 나는 것 같았다.

한 달 전 킹덤 엔터를 찾았고, 이재명 사장과 이야기를 하던 중 최유진은 자신의 상태를 처음 자각하게 되었다.

그리고 전문가와 상담을 통해 자신이 우울증에 걸린 것을 알았다.

우울증이라고 해서 마냥 기분이 다운만 되는 것이 아니라, 어떤 면에서는 편집증에 가까운 집착을 하는 경우도 있

스타라이트

다는 이야기를 들었을 때, 유진은 깨달았다.

자신이 친한 동생이라 생각했던 수현, 그런 수현이 잘되길 원해 도움을 주고 있는 것이 사실은 모든 것은 핑계에 불과하고 사실은 현실을 부정하는 자신의 정신이 뭔가 변명 거리를 만들기 위해 그런 생각을 하게 만들었다는 것을 알게 된 것이다.

술 때문에 벌어진 부적절한 관계였지만, 그녀의 정신은 좋은 핑곗거리를 찾았다.

자신의 남자는 최고여야 한다는, 자신이 최고이기에 비록 부적절한 일이었지만 자신을 안은 남자가 볼품없는 남자라면 안 된다는 생각이 머릿속을 지배했다.

수현이 보기에 그런 남자는 아니었지만 남들이 평가하기에 자신의 옆에 있는 것이 어울리지 않다 생각한 최유진은 그렇게 자신의 정신을 세뇌하고 수현이 유명해지길 원하면서 물심양면으로 도움을 주었다.

실패는 자신의 결혼 생활 한 번으로 끝이었다.

그렇게 생각한 최유진은 남들이 보기에 파격적인 행보를 보이며, 수현이 연예계에 성공적으로 데뷔하게 도왔다.

실제로 수현은 로열 가드로 남자 아이돌 가수 중 최고의 데뷔 무대를 가졌다.

만약 최유진이 도움을 주지 않았다면 수현이 아이돌이 되고 싶다고 마음을 먹었어도 그렇게 이른 시기에 데뷔를 할 수도 없었을 것이고, 또 그런 화려한 무대를 가질 수도 없었을 것이다.

그런 면에서 최유진은 자신이 마음먹은 대로 수현을 성공적으로 연예인을 만들었다.

하지만 그녀의 빈 가슴은 채워지지 않았다.

그래서 회사를 찾아 이재명 사장에게 수현의 연기자 데뷔를 언급했던 것이다.

그런데 그곳에서 최유진은 수현에 대한 이야기가 아닌 자신에 대한 이야기를 듣게 되었다.

잘 숨긴다고 했지만, 아니, 본인조차 인지하지 못하고 있었지만, 자신과 수현의 관계를 숨기면 숨기려 할수록 그녀는 본의 아니게 자신의 상태를 이재명 사장에게 무방비하게 보여주게 되었고, 그 과정에서 오래 기간 복마전과 같은 연예계에서 지금의 킹덤 엔터를 키워낸 이재명의 눈에 최유진의 정신 세계가 정상이 아님을 들켜 버렸다.

이재명 사장과의 대화 도중 자신의 상태를 어렴풋이 깨닫게 된 수현은 그와 함께 전문가와 상담을 하였다.

모두 치료 목적에서 이루어진 상담이었지만, 오히려 최유진에게는 긍정적인 일보다는 부정적으로 작용을 하였다.

상담 이후 최유진은 무기력증에 빠져 버렸다.

모든 일에 흥미를 잃고 의욕을 잃었다.

이런 최유진의 상태를 깨달은 이재명 사장과 이소진은 최유진의 활동을 전면 중단을 하였다.

그러면서 상태를 호전시키기 위해 갖은 노력을 하였지만, 최유진의 상태는 나아지지 않았다.

그 때문에 유진의 자식들은 현재 외할머니인 유진의 어머니가 맡고 있었다.

멍하니 전화를 들고 수현이 하는 이야기를 듣고 있던 유진의 눈 깊은 곳에서 작은 빛이 일어났다.

조금 전까지만 해도 어떤 의욕도 없던 그녀에게서 작은 변화가 일어난 것이다.

"낮에는 병원에 예약이 되어 있어 힘들어."

'나 힘들어, 도와줘!'

오랜만에 휴일이라며 스케줄 없으면 만나자는 수현의 말에 최유진은 선약 핑계를 대로 거절을 하면서도 속으로는 다른 말을 하고 있었다.

─ 그럼 저녁때 우리 술 한잔해요. 있다 봐요.

"어! 어⋯⋯."

자신의 할 말만 하고 전화를 끊은 수현으로 인해 유진은 한동안 전화기를 들고 그것을 쳐다보았다.

그렇게 한참을 통화가 끊긴 전화기를 들고 있던 유진은 자리에서 벌떡 일어나 화장실로 향했다.

촤아!

그녀가 화장실로 들어가고 곧 샤워기에서 물이 쏟아지는

소리가 들렸다.

* * *

최유진의 아파트 현관 앞에 선 수현은 심호흡을 하고 초인종을 눌렀다.

"후우!"

띵동!

초인종 소리가 울리고, 수현은 살짝 심장이 두근거림을 느꼈다.

최유진이 이혼을 하기 전, 그 사건이 있은 후로 처음 찾아 왔다.

사실 나이를 떠나 남녀가 그런 일이 있은 뒤 아무런 감정이 생기지 않았다면 이상한 일이다.

비록 그녀가 아름다운 미녀인지, 남자가 잘생겼는지를 떠나 남녀가 육체적 접촉을 한 번이라도 하게 된다면 정상적인 사고를 가진 사람이라면 감정이 생기지 않을 수 없다.

수현도 마찬가지다. 비록 최유진이 수현보다 열 살 이상이나 많은 연상이라 해도 마찬가지다.

한때 그녀를 동경해 팬클럽에도 가입했던 수현인데, 그런 동경의 대상과 그런 일이 있었고, 상대 또한 그 일을 문제 삼지 않으니 남자라면 마음이 어떻겠는가. 비록 그녀가 유부녀라는 것이 문제였지만, 그 문제는 얼마 지나지 않아 해결이 되었다.

최유진이 이혼을 함으로써 그러한 문제는 해결이 된 것이다.

하지만 최유진은 이혼 이후 수현의 연예계 데뷔를 도와주기는 했지만 그뿐이었다.

수현이 좀 더 다가가려 해도 최유진은 일정 이상 다가가는 것을 막았다.

처음 수현은 그런 최유진의 행동에 주춤했다.

자신 때문에 그녀가 이혼을 한 것은 아닌가 하는 죄책감 때문에 최유진이 방어적으로 나오는 것에 어떻게 할지 몰라 한 것이다.

그러다 최유진의 이혼이 자신 때문이라기 보단 그동안 부부간에 문제가 있었는데, 자신과의 일이 방아쇠가 되어 이혼이 이르게 되었음을 알게 된 뒤로 조금 마음이 편해지긴 했지만, 최유진과의 관계는 더 이상 발전하지는 않았다.

수현도 괜히 관계를 진척시키기 위해 무리를 하다 그녀와의 관계가 틀어지기를 원하지 않아 일정 거리 이상 다가가지 않았다.

더군다나 데뷔를 하고 생각보다 엄청난 인기를 끌면서 시간을 내기가 힘들었다.

로열 가드가 휴식기에 들어도 수현은 활동을 멈추지 않았고, 최유진 또한 활동을 하던 시기라 만날 수가 없었다.

그러다 반년 만에 만난 그녀의 상태는 두 눈으로 봐주기 힘들 정도로 힘겨워 보였다.

무슨 일이 있는 것은 분명한데, 말을 해주지 않아 너무도 답답했다.

더군다나 자신이 다가가려 해도 곁을 주지 않는 그녀의 모습에 당황하기도 했다.

그런데 오늘 전화를 했는데 거절을 하려는 것 같으면서도 뭔가 자신이 와주길 바라는 듯한 느낌을 받았다.

그래서 이렇게 막무가내로 통화를 끝내고 찾아온 것이다.

수현의 손에는 그녀에게 줄 꽃다발이 들려 있다.

백합으로 만든 꽃다발이었는데, 백합은 최유진이 좋아하는 꽃이라 백합을 준비한 것이다.

그리고 수현이 느끼기에 최유진에게 백합이 가장 잘 어울리는 꽃이라고 생각해 그런 것이기도 했다.

순수, 자연, 자존심, 그리고 위엄과 순결을 상징하는 백합은 아시아의 여왕이란 별명을 가지고 있는 최유진에게 정말이지 잘 어울렸다.

덜컹!

잠시 기다리자 조심스럽게 문이 열렸다.

"누나, 오랜만이에요. 자, 받아요."

수현은 뒤에 숨기고 있던 백합꽃 다발을 그녀의 앞에 내

밀었다.

"어?"

갑자기 자신의 앞에 놓인 꽃다발을 본 최유진은 깜짝 놀랐다.

"고마워. 들어와."

놀란 것도 잠시 유진은 수현에게 안으로 들어오라 말을 하였다.

수현은 그녀의 안내를 따라 그녀의 집으로 들어갔다.

이혼을 하면서 최유진은 이사를 했기에 수현이 이 집을 온 것은 처음이었다.

집 안으로 들어간 수현은 조심스러운 눈길로 아파트 내부를 살폈다.

예전 집보다는 조금 작은 넓이였지만 이전 집과 비교를 해도 그리 나쁘지 않은 집이었다.

"집 좋네요."

의례적인 칭찬이었지만 일단 말문을 트기 위해 말을 꺼냈다.

"응, 고마워!"

유진은 작은 목소리로 대답을 했다.

"나가기 귀찮아 그냥 집에 자리 마련했다. 소진이도 곧 올 거야!"

최유진은 수현에게 그렇게 말하고 자리를 권했다.

"일단 앉아 있어!"

그렇게 말하고 최유진은 주방으로 향했다.

주방에는 수현이 오기 전부터 준비한 것인지, 가스레인지 위에서 찌개가 보글보글 끓고 있었다.

슈퍼스타라고 믿기지 않을 정도로 그녀의 음식 솜씨는 상당했기에 찌개에서 풍기는 냄새는 식욕을 자극했다.

"냄새가 참 좋은데요."

"응, 좀만 기다려."

"알았어요."

"소진이 오기 전에 편한 옷으로 갈아입어. 입구 오른쪽 방에 있으니 입고 나와."

유진은 오늘 술자리가 늦게까지 될 것을 암시하는 듯 그렇게 말을 하였다.

그런 유진의 말에 수현은 그녀가 말한 옷 방으로 들어갔다.

그곳에는 아직 포장도 뜯지 않은 새 옷이 놓여 있었다.

수현은 그것을 들고 잠시 뒤로 돌아 보이지 않는 최유진을 생각했다.

Chapter 2

연기 도전

킹덤 엔터 사장실.

킹덤 엔터의 사장 이재명은 출근을 하자마자 오전 중에 자신이 결제를 해야 할 서류들을 살폈다.

각 부서별로 올라온 기획안이나 허락을 구해야 하는 프로젝트에 관한 안건들이다.

어차피 연예 기획사의 일이 팀 단위로 이뤄지기에 사장인 이재명은 안건이 타당하다고 판단이 되면 대부분 승인을 해 주었다.

그런데 한참을 서류에 사인을 하고 있던 이재명은 연습생 평가에 대한 서류를 살피고는 미간을 찌푸렸다.

'이거, 이달 성과가 좋지 못하군!'

일반인이 연예인이 되는 루트는 다양하다.

연예 기획사의 스카우터들이 거리를 돌아다니다 연예인으로서의 자질이 보이는 사람에게 명함을 건네고 오디션 제안을 하여 뽑기도 하고, 광고를 통해 공개 오디션으로 선발을 하기도 한다.

물론 그런 두 경우 외에도 추천을 통해 받기도 하는데, 그런 경우는 대부분 연극 동아리나 대학의 신문방송학과나 연극영화과와 같이 연예계와 연관이 있는 학과의 교수들 또는 출신 배우들의 추천을 받아 비정기 오디션을 통해 선발을 한다.

그렇게 오디션에 통과한 이들은 바로 연예인이 되는 것이 아니라 연습생이라는 이름으로 기획사 자체 교육 시스템 또는 외부 전문 학원에 위탁을 보내 교육을 한다.

이는 웬만한 규모를 가진 연예 기획사들이라면 당연히 하는 일이다.

막말로 처음부터 일반인이 되는 경우는 없었다.

아무리 자질이 뛰어난 이들도 일정 전문 교육을 받고 소양을 쌓은 다음 기획사에서 준비한 일을 받아 데뷔를 하는 것이다.

다만, 교육을 받는 연습생이 얼마나 재능을 가지고 있느냐에 따라 연습생으로서 교육을 받는 기간이 달라질 뿐이다.

킹덤 엔터는 매달 말일에 연습생들에 대한 교육 평가를 한다.

이는 학생이 수업을 받고 일정 기간이 지나면 시험을 보는 것처럼 연예 기획사 또한 자신들이 가르치는 것을 잘 따라 왔는지, 아니면 제대로 소화를 하지 못하고 낙오가 된 것인지 평가를 하여, 일정 기준을 충족시키지 못하는 연습생은 과감하게 퇴출을 시키는 과정이었다.

그래야 연예인을 만드는 비용을 쓸데없는 곳에 허비하는 것을 막을 수 있기 때문이다.

그래서 오늘 연습생들의 월말 평가서가 올라온 것이다.

하지만 결과표를 받아 든 이재명의 눈에 들어온 것은 너무도 실망스러운 결과였다.

일부 연습생들은 전달 보았던 평가보다 실력이 퇴보한 것으로 나타나기도 했다.

'정신 상태가 썩었군!'

평가표에 실력이 퇴보한 이들에 대한 결정을 하나하나 사인을 하였다.

실력이 전달보다 오히려 퇴보를 했다는 것은 그들이 지난 한 달 동안 교육에 정신을 쏟은 것이 아니라 나태해졌기에 그런 것이라 평가를 하고 퇴출이라는 결정을 내렸다.

척!

첫 장에 사인을 하고 다음 장으로 넘겨 평가를 꼼꼼히 살펴보았다.

탁!

연습생들의 월말 평가표에 사인을 모두 마친 이재명은 서류를 덮고 한 쪽으로 서류들을 치웠다.

그런 후, 턱에 손을 괴고 뭔가를 생각을 하던 그는 인터폰을 눌러 비서를 불렀다.

삐!

― 부르셨습니까?

"결재 서류 가져가고, 김민석 선생 올라오라고 해요."

― 알겠습니다.

비서에게 지시를 내린 이재명은 의자 등받이에 몸을 기대며 눈을 감았다.

그렇게 얼마의 시간이 흘렀을까, 인터폰이 울렸다.

삐!

― 사장님! 김민석 선생님이 오셨습니다.

"들어오라고 해요."

― 알겠습니다.

비서와 통화가 끝나고 잠시 뒤 노크 소리가 들렸다.

똑! 똑! 똑!

"들어와요."

덜컹!

"부르셨습니까?"

문이 열리자, 비서가 보이고 그 뒤로 자신이 부른 김민석이 보였다.

"와서 앉아요."

이재명은 김민석 선생이 안으로 들어오자 쇼파를 가리키며 앉기를 권했다.

그러면서 안으로 들어오는 비서를 보며 지시를 내렸다.

"여기 커피 한 잔하고, 김 선생은 음료 무엇으로?"

이재명의 권유에 김민석도 커피를 마시겠다고 대답을 하였다.

"저도 커피 부탁드립니다."

"커피 두 잔 부탁해요."

"알겠습니다."

비서가 대답을 하고 커피를 타기 위해 밖으로 나갔다.

이재명은 비서가 나가는 것을 확인하고 연기 트레이너인 김민석을 보며 이야기를 하기 시작했다.

"조금 전에 연습생들의 월말 평가표를 보았는데, 상태가 심각하더군요."

잔뜩 굳은 표정으로 이야기를 꺼내는 이재명의 모습에 김민석은 긴장을 하기 시작했다.

"더욱이 평가 점수가 전달보다 떨어지는 이들도 있던데, 그건 어떻게 된 것입니까?"

대체로 교육을 받게 되면 웬만해서는 그런 점수를 받을 수는 없다.

아니, 교육을 받으니 전달보다는 실력이 늘어나기에 점수가 높아져야 정상이다.

하지만 월말 평가를 하면 꼭 한두 명은 그런 연습생이 나온다.

이는 기대치가 오르기 때문에 그런 것인데, 그렇다고 해도 이번 월말평가표에 나온 평가는 그런 것을 감안하더라도 평가 점수가 너무 낮았다.

그 때문에 사장인 이재명은 혹시 교육에 문제가 있는 것은 아닌가 하는 생각에 담당자인 김민석 트레이너를 불러 질문을 하는 것이다.

"그건, 설 연휴와 트레이너들의 스케줄이 꼬이는 바람에 제대로 된 교육이 이루어지지 못한 상태에서 이루어진 평가라 어쩔 도리가 없었습니다."

김민석 트레이너는 연습생들의 월말 평가 점수가 낮은 것에 대한 변명을 하였다.

그런 김민석 트레이너의 이야기를 들은 이재명은 잠시 생각에 잠겼다.

이재명이 이야기를 하다 말고 뭔가를 생각하는 듯 눈을 감고 조용히 있자 김민석은 조금 전보다 더 긴장된 모습으로 이재명이 이야기를 하길 기다렸다.

"연초이고 또 설이 껴 있다 해도 이건 좀 심하군!"

뭔가 결심을 한 것인지 이재명은 눈을 뜨자마자 바로 이야기를 하기 시작했다.

"전달에 비해 평가 점수의 편차가 심한 이들 두 명을 퇴출하기로 하지."

"음, 알겠습니다."

이재명의 냉정한 말에 김민석은 알겠다는 대답을 하였다.

그도 연습생들의 심리 상태를 이해하기는 하지만, 그가 생각하기에도 정도가 너무 심했다.

연예인이 되기 위해, 스타가 되기 위해 기획사에 왔다면 그런 것은 포기하고 노력을 했어야 하는데, 분위기에 휩쓸려 노력을 포기한 이들에게 더 이상의 기회는 사치라 생각했다.

"그럼 나가보세요."

자신이 궁금해하던 것도 들었고, 결과를 통보한 이재명은 김민석 트레이너를 돌려보냈다.

"아! 뭐 하나 물어볼 것이 있는데……."

막 사장실을 나가려던 김민석은 이재명의 말에 하던 행동을 멈추고 뒤를 돌아보았다.

그런 김민석에게 이재명 사장이 질문을 하였다.

"로열 가드의 정수현은 요즘도 김 선생에게 트레이닝을 받고 있나요?"

"네, 네! 받고 있습니다."

김민석은 느닷없이 수현에 관한 질문을 하는 이재명의 물음에 깜짝 놀라며 대답을 하였다.

"그래요. 수현이의 상태는 어떻습니까?"

정수현에 대한 질문을 하는 사장의 의도를 알지 못한 김민석은 잠시 수현이 자신의 수업을 받던 모습을 머릿속에 떠올려 보았다.

그러고는 살짝 미소를 머금고 대답을 하였다.

"수현이야 아이돌로만 쓰기에는 너무 아까운 아입니다."

늦은 나이에 자신에게 왔던 수현의 모습을 떠올리며, 자신의 수업에 전혀 뒤처지지 않고 따라오는 모습에 김민석이 놀란 것이 한두 번이 아니다.

수현이 관련 학과를 나왔다면 어느 정도 이해라도 할 텐데, 수현은 연기와는 전혀 연관도 없었다.

학력이라고는 최종 학력이 고졸이 끝이고, 경력이라고는 군대를 제대하고 태권도 사범을 하다 톱스타 최유진의 경호원을 하던 것이 전부다.

경호원 경력 뒤로는 킹덤 엔터 소속 모델로 활동을 하다 자신에게 맡겨졌다.

정말로 아무런 경험도 없는 백지의 상태로 자신에게 왔던 수현은 처음에는 확실하게 연기에 대해 아무것도 모르는 초보의 모습이었다.

하지만 시간이 지나면서 연기에 관해 이론과 실기를 배우면서 수현의 모습은 하루하루 다르게 일취월장, 괄목상대라는 말이 무슨 뜻인지 깨닫게 하는 장본인이었다.

진정 연기의 천재가 어떤 것인지를 알게 된 김민석은 수현이 로열 가드라는 아이돌 그룹으로 데뷔를 하는 것에 무척이나 안타까워하였다.

그렇지만 막을 수도 없는 것이 자신은 이곳 킹덤 엔터에 계약된 트레이너이지 오너가 아니기 때문이다.

"그래요? 그럼 김선생이 평가하기에 수현이 연기자로 데뷔를 해도 될 것이라 평가한다는 말입니까?"

이재명은 뭔가를 확인하기 위해 김민석에게 다시 한 번 질문을 하였다.

그런 이재명 사장의 질문에 김민석은 확신에 찬 표정으로 대답을 하였다.

"웬만한 연기자는 수현이에게 붙이지 못할 정도로 수현의 연기는 뛰어납니다. 만약 좋은 배역만 만난다면 로열 가드가 그랬듯 팬들에게 연기자로 확실하게 자리를 잡을 것입니다."

"호오, 수현이의 실력이 그렇게까지 대단합니까?"

이재명은 김민석의 평가에 눈을 커다랗게 뜨며 물었다.

"예, 수현이는 제가 지금까지 본 누구보다 더 뛰어난 재능의 소유자입니다."

수현을 생각하자 김민석은 처음 사장실에 들어왔을 때와 다르게 무척이나 편안한 표정으로 아니, 뭔가 자랑을 하는 듯한 표정으로 물들었다.

한편, 김민석 연기 트레이너의 평가를 들으며 그의 표정을 살피던 이재명은 눈을 반짝였다.

김민석의 표정에서 전혀 거짓이 보이지 않았기 때문이다.

자신이야 수현의 연기를 몇 번 보지 못했기에 정확하게 그 실력을 알 수는 없지만, 김민석은 오랜 기간 수현의 연기를 보았다.

'그렇단 말이지.'

뭔가 결심을 한 이재명은 김민석을 그만 보냈다.

그리고는 비서를 시켜 김재원 전무와 사업기획본부장, 그리고 마케팅부장을 호출했다.

＊　　　＊　　　＊

와아! 와아!

"오빠! 여기요!"

"오빠! 여기 좀 봐주세요!"

공연을 마치고 무대를 내려오는 로열 가드의 뒤로 팬들의 환호 소리가 들렸다.

로열 가드 멤버들은 무대를 내려가면서 팬들의 뜨거운 반응에 무척이나 기분이 좋았다.

"허억, 허억. 오늘 공연도 성공이다."

"그래, 나 오늘은 실수 하나도 안 했다."

"인마! 실수 안 한 것이 자랑이냐!"

성공적인 무대를 마치고 무대를 내려오는 로열 가드 멤버들은 그렇게 웃고 떠들며 서로를 격려하였다.

"수고했다."

무대를 내려오자 이들을 기다리고 있던 전창걸이 어깨를 두드리며 격려를 하였다.

"감사합니다."

"실장님! 저희 오늘 스케줄 모두 끝난 거죠?"

오윤호는 전창걸을 보며 물었다.

"그래, 그리고 당분간 너희 스케줄은 빡빡하게 잡지 말라는 사장님의 지시가 있었다."

"야호!"

당분간 스케줄이 줄어든다는 말에 윤호를 비롯한 어린 멤버들이 환호성을 질렀다.

그리고 크게 환호를 하지는 않았지만 다른 멤버들도 스케줄이 줄어든다는 말에 기뻐하는 것은 마찬가지였다.

작년 9월에 데뷔를 하고 3개월의 활동을 했다.

그리고 12월과 1월, 두 달간 짧은 기간에 휴식기 겸 정규앨범 녹음을 하여 2월에 컴백을 하였다.

그렇게 짧은 기간이었지만 로열 가드의 인기는 날이 갈수록 높아만 갔다.

그러다 보니 그들을 찾는 스케줄 또한 덩달아 늘어났다.

중간에 잠깐 휴일이 있기는 했지만, 스케줄에 비해 너무도 짧아 제대로 피로를 풀 시간이 부족했다.

그 때문에 스케줄 이동을 할 때면, 이들은 모두 잠에 취했다.

리더인 수현이야 보통 사람들과는 달리 뛰어난 체력을 가지고 있어 그러한 피로를 느끼지 않고 있었지만, 다른 멤버들은 달랐다.

이런 빡빡한 스케줄이 계속된다면, 누구 하나 크게 탈이 날 것만 같았다.

그래서 수현은 더 이상 무리를 해선 안 되겠다 판단을 하고, 매니저인 전창걸에게 멤버들의 상태를 이야기하였다.

그런 수현의 이야기에 전창걸도 로열 가드의 멤버들이 그동안 무리를 했다는 것을 알고 있었기에 이를 회사에 이야기하여 로열 가드의 스케줄을 줄인 것이다.

멤버들의 상태를 고려하면 스케줄을 중단하고 휴식을 줘야 하지만, 회사에 들어온 스케줄들이 킹덤 엔터로서도 다음으로 미룰 수 있는 것보다 그렇지 못한 것들이 상당해 그럴 수가 없었다.

이는 전적으로 로열 가드가 인기는 높은 데 반해 이들이

데뷔를 한 지 얼마 되지 않은 신인 아이돌 그룹이기 때문에 벌어진 문제였다.

아무리 인기가 높은 아이돌 그룹이라고 해도, 신인 그룹과 그렇지 않은 그룹의 위상이 같을 수는 없었다.

그러니 아무리 킹덤 엔터라고 해도 뒤를 생각하면 어쩔 도리가 없었고, 그러니 충분한 휴식이 필요한 로열 가드라 해도 바로 쉬게 할 수가 없는 것이다.

"일단 회사로 간다."

전창걸은 로열 가드 멤버들을 보며 그렇게 이야기하였다.

"네? 왜요? 스케줄 끝났다면서요."

윤호는 회사로 간다는 말에 이해가 가지 않았다.

피곤한데 그냥 숙소로 돌아가 쉬고 싶은 마음뿐이었다.

그리고 그건 다른 멤버도 마찬가지였다.

하지만 그냥 로드 매니저도 아니고 로열 가드 전체를 담당하는 실장인 전창걸의 말에 따르지 않을 수 없었다.

"너희들 너무 피곤한 것 같아 마사지사를 준비해 놨다."

"마사지사요?"

"그래, 숙소로 마사지사를 불렀다가는 괜히 숙소 위치가 외부에 알려질 수도 있고, 또 마사지 샵으로 가자니 파파라치에게 사진을 찍힐 위험도 있어 그냥 회사로 부른 것이다."

"아!"

전창걸의 설명을 들은 멤버들은 그제야 회사로 가는 이유를 깨닫고 수긍을 하였다.

*　　　*　　　*

"도착했다. 그만 일어나라!"

전창걸은 회사에 도착하자마자 뒤를 돌아보며 소리쳤다.

스케줄을 마치고 차에 올라탔을 때만 해도 조금 떠들썩했지만, 차가 출발한 지 얼마 되지 않아 잠이 들었다.

"으으!"

전창걸의 목소리에 잠이 깬 멤버들은 자리에서 일어나면서 짧게 기지개를 하고는 차에서 내렸다.

하지만 그들의 모습은 온전하게 정신이 돌아온 모습은 아니었다.

너무도 피곤했기에 로열 가드 멤버들은 그저 매니저인 전창걸의 목소리에 조건반사적으로 움직이는 것뿐이다.

"정신들 차려라!"

반쯤 풀린 눈으로 걷는 로열 가드 멤버들을 본 전창걸은 정신을 놓고 걷다가 혹시나 이들이 다칠 수도 있기에 주의를 주었다.

"네, 네!"

아직도 비몽사몽인 멤버들은 전창걸의 주의에도 비틀거

리며 걸었다.

띵!

엘리베이터의 문이 열리고 로열 가드 멤버들이 전창걸의 인도를 받아 내렸다.

하지만 수현은 멤버들과 함께 엘리베이터를 내리지 못했는데, 그 이유는 바로 전창걸이 수현을 보며 이동 중 받았던 지시 내용을 전달했기 때문이다.

"수현이는 사장님께서 할 이야기가 있다고 하니, 우선 사장님께 다녀와라!"

"아, 네! 알겠습니다."

"형! 무슨 잘못한 것 있어요?"

막 엘리베이터를 내리려던 윤호는 수현을 보며 물었다.

주차장에서 엘리베이터로 이동하는 중에 어느 정도 정신을 차린 윤호는 실장인 전창걸이 전하는 말에 눈을 동그랗게 뜨며 질문을 한 것이다.

아이돌이 사장에게 불려간다는 것은 썩 좋은 일은 아니란 것이 윤호의 생각이었기에 혹시 리더인 수현이 뭔가 잘못한 것이 있는 것은 아닌가 하는 걱정스러운 눈빛으로 수현을 보았다.

그런 윤호의 모습에 수현은 빙그레 미소를 지으며 대답을 하였다.

"아니, 내가 잘못할 것이 뭐가 있겠어? 회사 몰래 연애를 하는 것도 아니고, 또 그렇다고 해도 우리 회사가 그런 것을 막는 곳도 아닌데."

"아, 그렇지! 형님은 모범생이었지."

윤호는 수현의 대답에 잠시 멈칫했다가 대답을 했다.

"뭐 해! 어서 오지 않고?"

자신의 뒤를 따라오지 않는 윤호를 보며 전창걸이 소리치는 소리가 들렸다.

"네, 가요. 형님, 다녀오세요."

윤호는 더 이상 수현을 붙잡지 않고 얼른 대답을 하고 뛰어갔다.

그런 윤호의 뒷모습을 지켜보는 수현은 엘리베이터 문이 닫힐 때까지 입가에 오래도록 미소를 머금었다.

'윤호 녀석! 생긴 것과는 다르게 잔정이 많다니까!'

180㎝의 키에 남자답게 굵은 선을 가진 윤호는 비록 나이는 어리지만 언뜻 보기에도 상남자였다.

하지만 그럼에도 불구하고 감수성이나 잔정이 많은 동생이다.

띵!

— 7층입니다.

목적지에 도착한 엘리베이터 스피커에서 도착을 알리는 벨소리가 들리자 생각에 잠겨 있던 수현이 깨어났다.

7층 사장실이 있는 곳이기에 수현은 일단 옷매무새를 고

쳤다.

방금 전까지 스케줄을 하고 이동을 하느라 입고 있던 옷이 여기저기 구겨져 있었기 때문에 그것을 손본 것이다.

똑똑!

노크를 하고 안으로 들어가자 비서가 보였다.

"사장님께서 부르셨다고 해서 왔습니다. 안에 계신가요?"

"네, 기다리고 계십니다. 안에 김재원 전무님과 김원효 이사님, 그리고 박명환 이사님도 함께 계십니다."

"아, 네! 알겠습니다."

수현은 비서의 설명을 듣고는 고개를 갸웃거렸다.

자신을 호출했으면서 다른 간부들도 부르는 것이 이해가 가지 않았기 때문이다.

물론 김재원 전무야 로열 가드를 총괄 관리하는 사람이니 어쩌면 당연할 수도 있겠지만 기획본부장인 김원효 이사나, 마케팅부장인 박명환 이사도 함께 자리하고 있다는 것은 조금 이상했다.

뭔가 자신이 실수한 것이 있어 그것을 꾸짖는 일이라면 굳이 그들을 부를 이유가 없었기 때문이다.

그렇다고 로열 가드의 일로 불렀다고 하기에도 뭔가 석연치 않았다.

현재 로열 가드는 너무도 빡빡한 스케줄 때문에 현재 과

부화가 걸린 상태다.

그 때문에 스케줄을 조절하고 있는 중인데, 다시 스케줄을 늘리려는 것은 아니란 생각이 들었기에 사장실에 그들이 함께 있는 것이 무슨 의미인지 선뜻 감을 잡을 수가 없었다.

더욱이 그런 자리에 아무리 로열 가드의 리더라고 하지만 자신을 부를 이유도 없지 않은가. 그러니 수현은 더욱 자신을 부른 의미가 무슨 이유인지 감을 잡을 수 없었다.

똑! 똑!

"사장님! 정수현 씨 도착했습니다."

— 들어오라고 해요.

비서가 노크를 하고 안에 보고를 하자 사장실 안쪽에서 이재명 사장의 허락하는 목소리가 들렸다.

"들어가십시오."

안에서 허락이 떨어지기 무섭게 비서는 수현을 보며 말을 전달하였다.

"감사합니다."

수현은 비서를 보며 인사를 하고 문에 노크를 하고 잠시 텀을 두고는 문을 열고 들어갔다.

*　　　*　　　*

사장실 안에는 비서가 전한 것처럼 사장인 이재명을 비롯해 전무이사인 김재원 전무와 기획본부장인 김효원 이사와 마케팅부장인 박명환 이사도 함께 자리하고 있었다.

"부르셨습니까?"

수현이 조심스럽게 인사를 하자 이재명 사장이 수현을 보며 자리를 권했다.

"어서 와요. 여기 자리에 좀 앉아요."

자신보다 한참이나 어린 수현을 보면서도 이재명은 언제나 한결같이 존칭을 하였다.

아니, 이재명 사장은 누구를 만나든 언제나 상대에게 존칭을 사용했다.

직급이 낮은 사람에게도 마찬가지다.

그 때문인지 오히려 윽박지르며 큰소리치는 그런 사람보다 더 대하기 어려운 사람이기도 했다.

"장본인도 왔으니 다시 이야기를 시작하지."

수현은 이재명 사장의 수현이 자리에 앉기 무섭게 이야기를 꺼냈다.

그러자 실내의 분위기가 바뀌었다.

"수현아!"

"네?"

무슨 이야기를 시작하려는 것인지 알 수가 없어 조용히 들어보려고 이재명 사장을 주시하고 있었는데, 생각지도 못하게 맞은편에 앉아 있던 김재원 전무가 자신을 부르자 깜짝 놀라 그를 쳐다보았다.

"연기에 대해 어떻게 생각하나?"

김재원 전무는 수현의 얼굴을 쳐다보며 단도직입적으로 물었다.

현재 아이돌 가수로 잘나가고 있는 수현을 굳이 연기까지 시킬 필요가 있나 하는 생각을 가지고 있는 김재원이었기에, 수현을 가수가 아닌 다른 쪽으로 돌리는 것이 썩 달갑지 않았다.

다른 아이돌 그룹이었다면 그런 생각을 하지 않았겠지만, 현재 로열 가드는 최고의 주가를 달리고 있는 남자 아이돌 그룹이다.

대한민국 최고의 남자 아이돌이라 칭하는 그룹들은 참으로 많았다.

1세대 남자 아이돌인 호프나 크리스탈 6, 레전드 등이 최고의 남자 아이돌이라 불렸고, 또 2세대 남자 아이돌 중에서는 슈퍼보이나 스타식스, 킹덤보이즈 등이 있었다.

그중에 킹덤보이즈는 킹덤 엔터에서 야심차게 기획하여 선보인 남성 아이돌 그룹이다.

종합 엔터테인먼트를 표방하는 킹덤 엔터는 배우 쪽은 상당한 위치에 있었지만, 가수 부문, 아니 정확하게는 가요계 대세라 할 수 있는 아이돌 부문에서는 제대로 된 위치를 잡지 못했다.

열심히 준비를 하여 내놓아도 기존 아이돌계를 꽉 잡고 있는 MS나 GY엔터 등의 공세에 밀려 별 재미를 못 보았다.

하지만 킹덤 엔터의 수장인 이재명 사장은 최유진을 비롯하여 여자 아이돌 부문에서 성과를 보이면서 남자 아이돌 그룹도 가능성을 보았다.

그 뒤로 킹덤 엔터의 총력을 기울여 준비한 것이 바로 킹덤보이즈였다.

그렇지만 초기에 깜짝 인기를 얻기는 했어도 몇몇 멤버를 제외하고는 이렇다 할 팬덤을 형성시키지 못하고, 몇몇 멤버들은 가수가 아닌 연기자로 성공을 하여 연기에 전념을 하면서 결국 킹덤보이즈는 배우로 성공한 멤버를 제외하고 재계약을 성사시키지 못하고 해체를 하였다.

김재원 전무는 그런 전과가 있기에 로열 가드는 굳이 외도를 시키고 싶지 않았다.

괜히 멤버 중 일부를 연기 쪽으로 영역을 넓히려 하다 킹덤보이즈가 그러하였듯, 그룹 내 갈등을 조장하는 것은 아닌가 하는 걱정이 앞섰다.

그래서 회의 내내 부정적인 의견을 내고 있었다.

하지만 이재명 사장이나 기획본부장이나 마케팅부장은 사업 영역을 넓히는 것은 그리 부정적이지 않았다.

아니, 마케팅부장인 박명환이나 사업기획본부장인 김효원 이사 같은 경우 이재명 사장보다 더 강력하게 주장을 하고 있었다.

현재 수현의 인기는 로열 가드의 다른 멤버들의 인기를 초월해 있는 것은 물론이고, 또 충성도가 1세대 아이돌 그룹의 팬덤 이상으로 높았다.

즉, 그 말은 수현이 연기로 활동 영역을 넓히게 되면 그만큼 더 회사에 수익이 돌아온다는 말과 같았다.

그러니 두 사람이 수현을 연기로 영역을 넓히겠다는 이재명 사장의 의견에 동조를 하지 않을 수가 없었다.

그러니 계속해서 회의가 수현이 연기 쪽으로도 활동을 넓히는 쪽으로 흘러가자, 김재원 전무가 수현이 호출되어 온 것을 보고 단도직입적으로 질문을 던진 것이었다.

즉, 네 생각은 어떠냐는 물음인 것이다.

당사자인 수현이 이것을 부정적으로 생각을 한다면 아무리 두 명의 이사가 적극적으로 찬성을 한다고 해도 이 계획은 물 건너간다.

하지만 수현이 긍정적으로 답변을 한다면, 자신이 아무리 반대를 해도 어쩔 도리가 없었다.

현재 자신의 주장은 2:1로 밀리는 상황이다.

이재명 사장이야 안건을 낸 당사자이니 중립이라고는 하지만 찬성 쪽에 가까우니 김재원은 모든 공을 수현에게 넘겼다.

'아! 이것 때문인가?'

수현은 김재원 전무의 질문을 받고서야 며칠 전 최유진의 집에서 술을 마시면서 들었던 말이 생각났다.

"넌 최고가 될 거야! 그러니 지금 이 자리에 만족하지 말고 영역을 넓히기 위해 더욱 노력을 해야 해."

술이 들어가고 어느 정도 불콰하게 술기운이 달아올랐을 때, 최유진이 했던 말이었다.

그리고 수현도 자신이 아이돌 가수로서 언제까지 팬들의 사랑을 받을 것이라고는 생각지 않았다.

또 어릴 때부터 노래와 춤은 물론이고 연기로도 엄청난 영역을 확고히 한 최유진을 동경했다.

비록 남과 여라는 성별의 차이는 있었지만, 최유진이 이룩한 업적은 여자라고 폄하할 수 있는 것이 아니었다.

그리고 이왕 연예계에 발을 담근 지금, 수현도 자신이 오래전 동경했던 최유진처럼 노래와 춤은 물론이고, 연기자로써도 팬들에게 사랑을 받고 싶다는 생각을 하고 있었다.

그래서 처음 킹덤 엔터에서 연예인이 돼보지 않겠냐는 제안을 했을 때, 제안을 받아들였고, 또 갑자기 계획이 변경되어 아이돌 그룹에 섞이게 되었을 때도 별로 반대하지 않앉다.

하지만 한창 인기가도를 달리고 있는 로열 가드이지 않은
가. 쉽게 대답을 할 수도 없었다.

"혹시 대답 여하에 따라 저나 다른 멤버들에게 불이익이
있는 것은 아닙니까?"

수현은 김재원 전무의 질문에 조심스럽게 질문을 하였다.

"아니, 그런 것은 없다. 그저 네 의견을 물어보는 것뿐이
다."

이재명은 수현이 김재원 전무의 질문에 대답이 아닌 질문
을 해오자 얼른 끼어들어 대답을 해주었다.

그래야 수현이 마음 편하게 자신의 의견을 낼 수 있을 것
이라 보았기 때문이다.

"그렇다면… 제 대답은……."

답변을 하다 말고 잠시 뜸을 들인 수현은 다시 한 번 생
각을 정리하고 어느 정도 확신이 서자 대답을 하였다.

"해보고 싶습니다."

"음!"

수현이 질문에 답을 하자 김재원 전무는 작게 신음성을
토했다.

하지만 그의 맞은편에 앉아 있던 박명환 이사나 김효원
이사는 입가에 미소를 짓거나 테이블 밑에 있던 주먹을 불
끈 쥐었다.

"잘 들었습니다. 그럼 이걸 한 번 읽어보지 않겠습니까?"

이재명은 언제 준비를 한 것인지 대본 하나를 들고 와 테이블 위에 올려놓았다.

'어? 언제 준비한 것이지?'

김재원 전무나 김효원, 박명환 이사는 이재명 사장이 테이블 위에 올려놓은 대본을 보고는 그를 돌아보았다.

수현이 오기 전 이야기를 할 때는 전혀 낌새도 없었다.

그런데 수현이 긍정적인 대답을 하자마자 대본을 보이는 것에 김재원은 깊은 생각을 하였다.

'사장님께서는 벌써 준비를 하고 있었구나!'

이재명 사장이 테이블에 올려놓은 대본을 보는 김재원 전무의 표정이 어두워졌다.

어떻게 보면 이미 결정을 하고서 자신들을 떠본 것 같은 느낌이 들었기 때문이다.

김재원 전무가 그런 생각을 하고 있을 때, 수현은 이재명 사장이 테이블에 올려놓은 대본을 들어 읽기 시작했다.

"거기 체크된 부분을 중점적으로 살피면서 읽어보기 바라네."

이재명 사장은 수현의 이미지에 맞으면서도 처음 연기에 도전을 하는 수현이 어렵지 않게 따낼 수 있는 역할을 찾아 표시를 해 두었다.

원래 이런 것은 아랫사람들이 해야 하는 일이지만, 수현과 연관되어 적극적으로 어필을 하는 최유진 때문에 수현의 일을 직접 챙기는 중이다.

최유진에게 직접 이야기를 들은 것은 아니지만 분위기만으로도 최유진과 정수현 사이에 뭔가 연관이 있다는 것을 알 수 있었다.

더욱이 최유진의 담당 매니저인 이소진도 그 부분에서는 어떠한 보고를 하고 있지 못했지만, 이재명은 보고를 받지 않아도 느낄 수 있는 것이다.

그러니 괜히 여러 사람을 이 일에 끌여들이기보단 윗선에서 결정을 하고 밑으로는 그냥 통보를 하는 것이 두 사람에게 어떤 일이 있는지 몰라도 최대한 비밀을 보장하는 일이기에 누군가 불합리하다고 느낄 수도 있지만 어쩔 도리가 없었다.

한편, 수현은 이재명 사장이 하는 이야기를 듣고 대본을 살펴보았다.

울프독, 대본 가장 앞장에 크게 써져 있는 제목이었다.

늑대와 개의 하이브리드인 늑대개를 뜻하는 울프독이란 제목에 수현은 뭔가 강렬한 느낌을 받았다.

거기에 더해 연출은 베테랑 연출가인 김지민이었다.

그리고 극본은 대한민국 3대 드라마 작가로 이름 높은 한지훈이다.

이 두 사람은 수현도 안면이 있었는데, 이들과 인연이 있었던 것은 전적으로 최유진 때문이다.

최유진의 경호원을 하던 기간에 최유진이 김지민이 연출하던 드라마에 출연을 하면서 안면을 익혔다.

그 과정에서 한지훈 작가도 알게 된 것이다.

게다가 짧게나마 최유진의 경호원으로 등장을 하기도 하였다.

오래전 기억이 떠오른 수현은 자신도 모르게 입가에 미소를 지으며 대본을 읽고 있었는데, 이상하게 이재명 사장이 언급한 배역의 인물이 너무도 익숙한 느낌을 받았다.

드라마 울프독의 내용은 국가정보원 요원인 주인공이, 대한민국으로 침투해 마약을 퍼뜨리려는 중국의 암흑 조직인 흑사회 조직원으로 들어가 결국 조직을 와해시킨다는 내용이다.

그 과정에서 주인공은 적진에 침투를 하는데 성공을 하지만, 국정원 내 다른 파벌에서 주인공을 제거하기 위해 주인공이 침투한 조직에 주인공의 정체를 흘려 위기에 처하게 된다.

그 과정에서 주인공은 조직 보스의 딸에게 구함을 받으면서 진정한 적이 자신이 파견된 흑사회 조직이 아니란 것을 알게 되고, 선대에 얽힌 원한과 국정원 내 비선 조직과 흑사회 내부의 또 다른 암투 속에서 목적을 이룬다는 내용이었다.

하지만 수현의 눈에 들어온 것은 이런 주인공의 활약이 아닌, 주인공의 파트너인 여주인공, 즉 주인공과 러브라인을 형성하는 조직 보스의 딸을 보호하는 보디가드에 눈길이 갔다.

비록 암흑가 조직에 속한 보디가드라지만, 그 존재는 다른 조직원들과 다르게 순수하게 보스의 딸을 연모하며, 주인공이 자신의 필요에 의해 그녀를 유혹하는 것을 알면서도 자신이 경호를 하는 그녀가 행복해하는 모습을 보면서 그녀의 행복이 깨지지 않게 지켜주는 인물이었다.

어떻게 보면 처음 최유진의 경호원이 되었을 때의 자신의 역할과 너무도 비슷한 모습을 한 인물이라 수현은 그 배역이 너무도 익숙하게 느껴졌다.

"좋은데요?"

"그렇지?"

"네, 비중에 비해 그리 많은 대사가 있는 것도 아니고……."

대사가 없다는 수현의 말에 마케팅부장이 살짝 미간이 찌푸려졌다.

배역에 대사가 별로 없다는 말은 그 역할이 그리 큰 비중이 있는 역할이 아니란 말과 같았기 때문이다.

그런 배역이라면 굳이 로열 가드의 리더인 수현이 맡을

필요가 없다는 생각이 들었다.

"그런 배역이라면 굳이 수현이가 할 필요가 있겠습니까?"

박명환 이사가 물었다.

"물론 그렇게 생각할 수도 있지만, 처음 연기를 하는 수현이의 입장에선 그게 꼭 나쁘지만은 않아!"

차분한 음성으로 자신의 생각을 이야기하는 이재명 사장의 모습에 박명환은 살짝 고개를 갸웃거렸다.

수현이 읽고 있는 대본을 그가 아직 읽어본 것은 아니기에 어떤 역할인지 확실하게 알지 못하기에 지금 이재명 사장의 답변에 반박을 할 수 없어 그러한 것이다.

"대사가 별로 없기는 하지만 그리 비중이 없는 역할은 아닙니다."

대본을 모두 읽은 수현은 박명환 이사를 보며 말을 하였다.

"이 배역, 정말 마음에 듭니다."

수현은 대답을 하면서 입가에 미소를 머금었다.

수현이 생각하기에 배역에 무조건 대사가 많다고 좋은 것이 비중이 높은 배역이라고 생각지 않았다.

비록 대사는 적더라도 화면에 잡히는 비중이나 존재 의의가 높은 역할이라면 굳이 대사가 많지 않아도 좋다고 판단했다.

실제로 수현이 중점적으로 확인하면서 읽어본 배역은 조조연급의 존재다.

하지만 여자 주인공의 경호원 역할이기에 여자 주인공이 나오는 장면에서 90% 이상 나온다.

더욱이 여자 주인공과 남자 주인공 사이에서 결정적 역할을 하면서 끝에 가서는 두 사람을 위해 희생을 한다.

주인공을 위해 비극적으로 자신을 희생을 함으로써 팬들에게 강력한 여운을 줄 수 있었다.

어떻게 보면 극 흐름상 조연인 조직의 보스나 남자 주인공의 상관 역할을 하는 국정원 차장보다도 중요한 역할이다.

이러한 것을 꿰뚫어 본 수현은 자신에게 대본을 보여준 이재명 사장을 보았다.

"혹시 이 배역 제가 할 수 있을까요?"

수현은 조심스럽게 물었다.

그런 수현의 물음에 이재명 사장은 미소를 지으며 대답을 하였다.

"물론이지. 약간의 테스트가 있기는 하겠지만, 네가 어느 정도 배역을 소화할 능력이 있다면 이 역할은 수현이 네 것이야!"

이재명 사장은 마치 수현이 실력이 되지 않는 것만 아니면 무조건 배역을 만들어줄 수 있다는 듯이 대답을 하였다.

그가 이런 이야기를 할 수 있는 것은 킹덤 엔터에서 울프독이란 드라마제작에 일정 지분을 출자했기 때문이다.

그 때문에 주연은 아니지만 조연급은 충분히 밀어 넣을 수 있었다.

이재명의 대답이 있자 수현의 눈이 반짝였다.

하지만 그것도 잠시 자신의 처지가 생각이 났다.

"그런데, 제가 드라마 촬영을 한다면, 로열 가드는 어떻게 되는 것입니까?"

리더인 자신이 빠지게 되면 이제 컴백한 지 두 달도 되지 않은 로열 가드의 행보가 걱정이 된 것이다.

물론 아이돌 그룹이라고 해서 모든 멤버들이 한 스케줄에 동원이 되는 것은 아니다.

때에 따라서는 몇몇 멤버가 빠지기도 하고 때로는 절반에 못 미치는 멤버만으로 스케줄을 소화할 때도 있다.

하지만 그렇게 했다가는 로열 가드에 대한 평판이 나빠질 것이다.

수현은 리더로서 로열 가드에 대한 그러한 평판이 나빠지는 것을 걱정하였다.

"그건 걱정할 것 없다. 이제 로열 가드가 컴백을 한지도 두 달이 다 되어가니 슬슬 유닛으로 활동해도 된다."

김재원 전무는 이미 수현이 드라마 출연에 마음이 기운 것을 확인하였다.

당사자가 그것을 원하고 그렇다고 자신이 속한 그룹에 대한 신경을 쓰지 않는 것도 아니기에 그는 수현의 고민을 덜어주는 것이 좋겠다는 판단에 이야기를 하는 것이다.

"원래 로열 가드 프로젝트에는 네가 없었지 않냐?"

김재원은 로열 가드 멤버들이 본래부터 데뷔 직전에 있는 데뷔 조 연습생으로 있었던 사실을 상기시켰다.

확실히 그 당시 데뷔 조 연습실에 수현의 자리는 없었다.

하지만 뒤늦게 수현이 합류를 하면서 아이돌 그룹 데뷔 계획이 크게 바뀌었다.

원래는 한 팀만 데뷔를 하려던 계획이 최유진의 투자로 자본이 늘어 한 번에 두 팀을 데뷔시키는 것으로 변경이 된 것이다.

그렇지만 그것도 잠시, 수현이 합류한 나이트 R의 데뷔에 월드스타 최유진이 피처링을 한다는 정보가 김재원의 귀에 들어가면서 또다시 바뀌었다.

월드스타 최유진이 데뷔에 도움을 준다면 굳이 데뷔를 두 팀으로 나누어 할 것이 아니라 하나의 팀으로 데뷔를 하고 다시 두 개의 팀 유닛으로 나누어 활동을 하는 것이 마케팅 측면이나 비용 면에서 훨씬 이득이다.

실제로 그렇게 해서 로열 가드는 엄청난 성공을 거두었다.

그러니 굳이 수현이 로열 가드에서 빠지더라도 이제는 더 이상 문제될 것은 없었다.

어차피 두 팀이었던 것이니 유닛 활동만 하더라도 로열 가드의 팬들은 별다른 거부감을 느끼지 않을 것이기 때문이다.

Chapter 3

활동 영역을 넓히다

오전 10시, 수현은 킹덤 엔터의 전무이사인 김재원과 함께 '울프독'을 제작하는 나무 픽처스를 찾았다.

나무 픽처스에서 제작하는 드라마 울프독은 이미 문화 TV에서 방송까지 잡힌 작품이다.

그 때문에 요즘 한창 배역에 맞는 배우 선정이 한창이었다.

킹덤 엔터에서도 이번 드라마에 10억이라는 큰돈을 투자를 하였고, 투자를 한 대가로 몇몇 배역에 대한 지분을 받았다.

물론 남녀 주연 자리는 최대 투자처인 MJ엔터에서 미는 배우가 하기로 했다.

수현이 연기에 관심을 보이자 킹덤 엔터에서는 로열 가드의 후반기 활동은 그룹 활동이 아닌 유닛 활동으로 계획을 잡고, 수현은 개인 활동을 하는 것으로 결론이 잡혔다.

연기에 관심을 보이는 수현이 드라마에 도전하는 시기와 멤버들의 유닛 활동 시기가 맞아 참으로 다행이었다.

만약 수현의 활동과 멤버들의 활동이 엇갈렸다면, 자칫 잘못하다가는 로열 가드 멤버들 간에 갈등이 생길 수도 있는 문제였지만, 사장인 이재명은 로열 가드가 딱 컴백에 이어 후반기 활동이 들어가는 시기에 맞춰 수현에게 울프독의 대본을 보여주며 연기에 대한 생각을 타진했던 것이다.

이미 최유진을 통해 수현이 어떤 생각을 가지고 있는지 대충은 듣고 있었기에 로열 가드의 활동과 수현의 개인 활동을 조율할 수 있었다.

물론 수현도 자신의 욕심만 주장하지 않고 로열 가드의 완전체 활동이 끝나는 날까지 확실하게 스케줄을 소화하였기에 아무런 부담 없이 드라마에 도전을 하는 것에 큰 부담이 적었다.

"들어가자!"

어느새 차는 나무 픽처스에 도착을 하였다.

김재원 전무는 수현과 함께 나무 픽처스 안으로 들어갔다.

엘리베이터를 타고 회의실로 향했다.

그곳에는 울프독의 제작자와 관계자들이 모여 있었다.

수현은 김재원 전무의 뒤를 따라 들어가며 실내에 모여 있는 사람들의 면면을 조심스럽게 살폈다.

"인사드려라!"

김재원 전무는 자신의 뒤를 따라 들어오는 수현을 보며 지시를 하였다.

"안녕하십니까? 정수현입니다."

수현은 보통의 아이돌들과 다르게 간략하게 자신을 소개하며 인사를 하였다.

그런 수현의 모습을 보던 울프독의 연출자인 김지민이 김재원 전무를 보며 물었다.

"전무님, 킹덤 엔터에서 저 친구를 이번 작품에 넣는 것입니까?"

김재원 전무를 보면서 질문을 하는 김지민의 표정에서 짜증이 묻어났다.

그도 그럴 것이, 아무리 아이돌로서 인기를 끌고 있는 그룹의 멤버라고 하지만, 연기는 다른 영역이기 때문이다.

물론 드라마 흥행에는 어느 정도 영향을 미칠 것은 그 또한 알고 있다.

하지만 김지민은 아이돌의 인기에 편승해 드라마의 시청률을 높이는 것보다는 배우들의 연기와 연출자인 자신이 얼마나 드라마 연출을 잘하는 것이 작품의 질이나 시청률을 좌우한다고 생각하는 사람이었다.

그러다 보니 아이돌인 수현에 대해 부정적인 생각을 할 수밖에 없었다.

하지만 드라마 제작에 10억 원이나 투자를 하는 킹덤 엔터의 주장을 그냥 거부할 수도 없기에 짜증이 난 것이다.

"맞습니다."

김지민의 질문을 받은 김재원 전무는 비록 그런 모습을 보았음에도 별다른 표정 변화 없이 대답을 하였다.

하지만 그렇다고 김재원 전무의 기분이 좋은 것은 아니어서 한마디를 덧붙였다.

"우리 킹덤 엔터에서 되도 않는 이를 무턱대고 밀지는 않으니 그렇게 기분 나빠 하진 마시오."

사실 김재원 전무 정도 되면 굳이 이런 자리에 연출자와 상대를 할 필요도 없었다.

킹덤 엔터 정도되는 연예 기획사 전무라면 나무 픽처스의 사장 정도 레벨이었기에 다른 때 같았으면 김재원 전무가 아닌 그 밑에 있는 부장이나 팀장급이 수현을 데려와 소개를 했을 것이지만, 킹덤 엔터에서는 수현을 비롯한 로열 가드 멤버들을 무척이나 중요하게 생각하기에 처음 연기에 도전을 하는 수현이 자리를 빨리 잡게 도움을 주기 위해 전무인 김재원이 직접 수현을 데리고 온 것이다.

만약 로열 가드를 킹덤 엔터에서 그렇게 중요하게 생각하지 않았다면 군이 김재원 전무가 올 필요도 없었다.

"그렇습니까? 그럼 좀 테스트를 해봐도 되겠습니까?"

김재원 전무의 말이 떨어지기 무섭게 김지민은 수현을 테스트를 하겠다고 나왔다.

그 말은 김재원 전무의 말을 신뢰할 수 없다는 소리나 마찬가지였다.

아무리 나무 픽처스가 킹덤 엔터에 비해 작은 회사이고 또 킹덤 엔터가 이번 드라마 제작에 투자를 하고 있다고 해도 김지민은 그런 것은 신경도 쓰지 않았다.

어차피 투자금이야 최대 투자자인 MJ엔터에서 투자한 금액이나 다른 곳에서 투자한 금액이 있었기에 자금은 넘쳤다.

그러니 아무리 투자자라 해도 군이 고개를 숙일 필요가 없었던 것이다.

한마디로 잘나가는 연출자가 지분을 가진 투자자와 기 싸움을 하려는 것이었다.

드라마를 제작하다 보면 투자자가 제작에 관여를 하려는 경우도 있는데, 이런 때면 연출자는 무척이나 피곤했다.

그러니 사전에 이를 차단하기 위해 일부러 더 김재원 전무의 심기를 건드린 것이다.

물론 김재원 전무도 연예계에서 닳고 닳은 사람이다.

지금 김지민이 무엇 때문에 이러는 것인지 잘 알기에 콧방귀를 뀌며 수현을 돌아보았다.

"보여줘라!"

김재원은 수현을 돌아보며 간단하게 말했다.

그런 김재원의 말에 수현은 한 발 앞으로 걸어 나왔다.

한편, 회의실에 있던 사람들은 흥미로운 표정으로 세 사람을 쳐다보았다.

"好的, 知道了(예, 알겠습니다)."

"음!"

수현이 김재원 전무의 지시에 한 걸음 앞으로 나오면서 중국말을 하자 김지민은 작게 신음성을 터뜨렸다.

지금 수현이 무슨 의도로 중국어를 하는지 울프독의 연출을 맡은 그는 알 수 있었기 때문이다.

더욱이 수현이 중국어를 하면서 자신의 앞으로 올 때, 그 표정은 처음 김재원 전무와 들어와 인사를 할 때와는 전혀 딴판이었다.

울프독의 배역 중 하나인 여주인공 리링의 경호원인 첸의 대사였다.

첸은 언제나 감정의 변화 없이 자신에게 주어진 역할인 리링의 경호에 만전을 기하면서도 남모르게 그녀를 사모하는 남자다.

그녀를 사랑하기에 리링이 주인공 이수혁을 연모하는 것

에 괴로워하면서도 그녀의 행복을 위해 위기에 처한 이수혁을 구해주는 것은 물론이고, 이수혁의 비밀을 알면서도 리링이 이수혁을 보면서 기뻐하는 모습에 보스인 마오에게 보고를 하지 않으며, 후반부에 가서는 정체가 탄로난 이수혁 대신 죽는 역할이었다.

비록 극 중 비중은 그리 크진 않지만, 진행을 위해선 없어서는 안 될 배역이기도 했다.

그런 중요한 배역이면서 또 대사가 그리 많지 않아 연기가 그리 어려운 것은 아니다.

신인이 하기에 어렵지 않은 역할이었기에 사실 김지민도 그리 중요하게 생각지 않았다.

하지만 수현이 한마디 하면서 앞으로 걸어 나오는 모습을 보며 그의 머릿속에 번개가 번쩍였다.

그리고 그런 것은 김지민뿐만 아니라 올프독의 극본을 쓴 한지훈 작가 또한 마찬가지였다.

비록 대사 하나였지만 그 안에 담긴 것은 첸이란 배역이 가진 모든 것을 볼 수 있었다.

그러면서 한지훈은 그저 배경으로만 그려진 첸이란 인물을 다시 생각하게 만들었다.

"좋은데요."

조용히 김지민과 김재원의 기 싸움을 지켜보고 있던 한지훈이 이들의 곁으로 다가오며 물었다.

"대사만 외운 것인가? 아니면 중국어 좀 하나?"

곁으로 다가온 한지훈은 수현을 보며 물었다.

"할 줄 압니다."

수현은 한지훈의 질문에 담담하게 대답을 하였다.

그런 수현의 대답에 한지훈은 혹시나 해서 다른 외국어도 할 수 있는지 물었다.

자신에게 관심을 보이는 한지훈의 모습에 수현은 살짝 미소를 지으며 대답을 했다.

"영어, 일어, 중국어, 불어, 음……."

자신이 할 수 있는 외국어를 하나하나 손을 꼽으며 이야기하였다.

그런 수현의 모습에 처음 김지민과 김재원 전무의 기 싸움을 흥미로운 모습으로 구경을 하던 사람들의 표정이 바뀌었다.

그들도 수현의 정체를 알고 있었다.

로열 가드가 작년 데뷔를 하고 나서부터 엄청난 이슈를 일으켰기에 잘 알고 있었다.

아니, 알고 있다고 생각했다.

그런데 설마 그렇게 많은 외국어를 할 수 있을 것이라고는 아무도 예상하지 못했다.

아이돌이 국내는 물론이고, 활동 영역을 외국으로 넓혀 기획사에서 한두 가지 외국어를 익히게 한다고는 하지만 영어와 일본어 또는 영어와 중국어 정도였다.

즉, 시장이 큰 곳과 만국 공통어처럼 된 영어 정도를 익히게 하는 정도이지 웬만한 언어는 다 익히게 하는 것은 아니었다.

하지만 수현이 하는 이야기를 듣고 이들보다 더 놀란 사람이 있었다.

그 사람은 바로 킹덤 엔터의 전무인 김재원이었다.

킹덤 엔터에서도 소속 연예인에게 외국어를 익히라고 권유를 하고 있었다.

그래야 활동 영역을 넓힐 수 있기 때문이다.

예전이야 한류스타라 해도 굳이 외국어를 할 필요는 없었다.

하지만 한류가 오래도록 지속이 되면서 한류에 반하는 혐한이 떠오르기 시작을 하였다.

자국에서 돈을 벌면서 자국의 말을 하지 않는 한류스타들에게 반감을 갖는 것이다.

기획사들은 이러한 현지 팬들의 요구를 받아들여 소속 연예인들에게 간단한 인사 정도는 그 나라 언어로 할 수 있게 교육을 시켰다.

그렇지만 그건 임시방편으로, 언젠가는 그것도 통하지 않는 때가 올 것이다.

더욱이 한류가 퍼지면서 외화가 빠져나가는 것에 대한 당국의 경각심이 커지면서 제재가 들어오고 있었다.

이러한 때 수현처럼 현지인과 대화를 할 수 있을 정도의 언어 능력을 가진다면 그러한 제재 정도는 피해갈 수 있는 것은 물론이고, 팬들 또한 혐한으로 가기보단 오히려 자국의 언어를 할 수 있는 한류스타에 더욱 호응을 할 것이다.

하지만 이를 알면서도 실천을 하기 힘든 것이, 언어라는 것은 조석으로 늘어나는 것이 아니었다.

부단한 노력을 해야만 익힐 수 있는 것이 외국어다.

물론 경우에 따라 쉽고 빠르게 외국어를 배우는 이들도 있었다.

하지만 수현처럼 영어, 일어는 물론이고 중국어와 동남아 언어들 그리고 스페인어나 불어처럼 유럽의 언어도 할 수 있는 연예인이 누가 있겠는가. 그러하였기에 나무 픽처스의 회의실에 모여 있던 사람들은 소속을 떠나 수현을 신기한 눈으로 쳐다보았다.

"그게 다 가능하다고?"

"Si, exacto(예, 그렇습니다)."

수현은 자신의 말이 거짓이 아니란 것을 보여주기 위해 이번에는 중국어가 아닌 스페인어로 대답을 하였다.

그런 수현의 대답에 질문을 했던 한지훈은 놀라 두눈을 크게 뜨고 수현을 쳐다보았다.

한편 수현이 하는 모습을 지켜보던 김지민은 다시 한 번 놀랐다.

아무리 배짱이 좋은 사람이라도 자신의 배역을 결정하는 자리에 오면 긴장을 하는 것이 보통이다.

이는 연기에 자신이 있는 톱스타들도 예외는 아니다.

그저 시간이 주어졌을 때, 남들보다 빠르게 배역에 몰입을 한다는 차이뿐이다.

그런데 눈앞에 있는 젊은 아이돌 가수는 연기 경력이 수십 년 된 선생님들을 보는 것처럼 너무도 자연스러웠다.

국민 아버지라 불리는 최민현 선생님이나 김순재 선생님은 누구를 만나든 이미 그런 것을 초월해 평정심을 보인다.

김지민은 그런 위대한 연기자들이나 보이는 평정심을 이제 겨우 20대의, 연기는 처음 하는 아이돌 출신에게서 본다는 것에 놀랐다.

더욱이 대화를 시작하면서 김지민을 비롯한 이 자리에 있는 모든 사람이 수현이 하는 이야기에 몰입을 하고 있었다.

드라만 연출을 맡은 김지민은 이러한 수현의 능력에 감탄을, 아니, 경악을 하였다.

'이게 사실이냐? 어떻게?'

겨우 몇 마디 하지도 않았는데 장내 분위기를 장악한 수현에게서 김지민은 처음 수현이 이곳 회의실로 들어왔을 때 가졌던 선입견을 떨쳐 낼 수 있었다.

　드라마 울프독의 배우 섭외는 빠르게 이루어졌다.

　남녀 주인공과 주조연급 배역인 마오 역까지 정해진 상태였기에 다른 배역은 빠르게 정해졌다.

　더욱이 울프독에 관한 소문이 방송가에 크게 난 상태였기에 배우 섭외가 빠를 수밖에 없었다.

　그도 그럴 것이, 대한민국 3대 극본가인 한지훈과 연출력이라면 대한민국에서 손에 꼽는 김지민이 손을 잡고 드라마 왕국 문화 TV에서 방영을 한다.

　그것도 주말드라마만큼이나 인기가 있는 수목 드라마의 주요 시간대인 10시에 시간이 잡혔다.

　그러니 연기 좀 한다는 사람치고 울프독의 배역에 욕심을 내지 않을 수 없었다.

　비록 남녀 주인공이야 섭외가 끝났기에 어쩔 도리가 없다고 하지만 조연급 배역만 따내도 명성을 얻을 것이 불을 보듯 뻔한 상태이지 않은가. 울프독의 경우 배우나 기획사 입장에서 굳이 확인을 하지 않더라도 알 수 있을 정도로 소문이 빠했다.

　그러다 보니 조연급 배역을 따내기 위해서 많은 연기자들이 몰려들었다.

　연출을 맡은 김지민의 입장에서는 이런 상황에서 자신이

원하는 배우를 그냥 섭외만 하면 되다보니 배역들이 빠르게 결정되었고, 그에 힘입어 울프독의 촬영은 빠르게 진행이 되었다.

＊　　　＊　　　＊

"리허설 한 번 들어가겠습니다. 배우들 준비하세요."

길게 깔린 레일과 전선들, 촬영 스텝과 엑스트라들로 울프독의 촬영 현장은 무척이나 어수선하였다. 더욱이 장소가 공항이다 보니 자칫 NG가 날 수도 있었다.

"레디!"

연출을 맡은 김지민의 고함 소리가 들려오고 장내는 일순간 조용해졌다.

"액션!"

김지민의 지시가 떨어지자 배우들이 움직이기 시작했다.

"수혁아! 방금 태국발 T089편 비행기가 도착을 했다고 한다."

국정원 신입 요원으로 첫 실전에 투입된 강민기는 동기 수혁을 찾아 이야기를 하였다.

"알았다. 분명 T089편에 라따웃이 타고 있다고 했으니 놓치면 안 된다."

수혁 역할을 맡은 이기준은 정말로 국정원 요원이 된 것처럼 진지한 눈으로 강민기의 역할을 하는 정성호를 보며 대사를 하였다.

대사를 하면서도 이기준은 국정원 요원으로 분한 단역들에게 손짓을 하며 지시를 하였는데, 비록 본촬영에 들어가기 전 리허설이었지만 전혀 어색하지 않았다.

이번 드라마의 남자 주인공 역을 맡은 이기준은 영화 왕의 광대로 일약 스타로 떠오른 신인이었다.

하지만 왕의 광대에서도 그렇지만 전혀 신인 같지 않고 차분하게 자신의 배역을 소화하고 있어 감독들 사이에서는 믿고 맡길 수 있는 배우라 불리고 있다.

비록 이기준이 신인이기는 하지만 이미 영화로 증명이 된 배우였기에 연출을 맡은 김지민도 아무런 불만 없이 그에게 울프독의 남자 주인공으로 낙점을 주었다.

"OK! 좋았습니다. 그대로 본촬영 들어가겠습니다."

김지민 감독은 방금 전 리허설이 마음에 들어 바로 본 촬영에 들어가기로 하였다.

한편, 카메라와 조금 떨어진 곳에 조금 뒤 촬영에 들어가는 여자 주인공인 남윤미가 촬영을 지켜보고 있었다.

그리고 그녀와 가까운 곳에 수현도 서서 촬영을 구경하였다.

남윤미와 수현은 이번 신이 끝나면 바로 촬영에 들어가기에 대기를 하는 것이다.

"OK! 재홍아, 다음 B—37 촬영 준비 어떻게 됐어?"

김지민은 조연출인 김재홍을 불러 다음 촬영에 대해 물었다.

"예, 10분 뒤에 촬영 허가 떨어졌습니다. 다만 여유가 10분 정도밖에 없습니다."

오늘 촬영이 공항 신이다 보니 촬영이 여간 어려운 것이 아니었다.

공항 당국의 운영에 방해가 되지 않는 범위에서 촬영을 해야 하기 때문이다.

그 때문에 촬영장 주변에는 질서 유지를 위해 경찰과 공항 경비대 대원들이 주변을 통제하고 있었다.

그런 통제되는 상황에서 자연스러운 모습을 살려내야만 했기에 촬영이 여간 어려운 것이 아니다.

"아씨, 촬영이 갈수록 빡빡해지네!"

예전에는 공항 신이라도 이렇게까지 빡빡하지 않았지만, 요즘은 외국인들도 한국을 많이 찾고, 또 한국인들도 경제 여건이 넉넉해지면서 외국으로 많이 나가다 보니 공항이 복잡해졌다.

그러니 공항이 붐비게 되었고, 공항에서의 촬영은 더욱 힘들어진 것이다.

"수현 씨! 우리도 가죠."

남윤미는 한쪽에서 촬영을 지켜보던 수현을 돌아보며 말했다.

"예, 알겠습니다."

연기는 초보인 수현이기에 여자 주인공인 남윤미의 제안에 얼른 따랐다.

더욱이 자신이 맡은 역할은 바로 여주인공인 남윤미를 경호하는 배역이 아닌가. 그 때문에 수현의 행동 반경은 남윤미의 주변에서 벗어나지 않았다.

남윤미와 함께 조연출인 김재홍을 따라 게이트 너머에 대기를 했다.

큐 사인이 떨어지고 게이트가 열리면 단역들과 함께 마치 방금 공항에 도착을 한 것처럼 연기를 하면 된다.

"후우!"

수현은 대기를 하면서 깊게 심호흡을 한 번 하였다.

"긴장되세요?"

수현이 심호흡을 하자 앞에 있던 남윤미가 수현을 돌아보며 물었다.

"아, 예! 조금 긴장이 되네요."

남윤미의 갑작스러운 질문에 수현은 작은 목소리로 대답을 하였다.

비록 자신과 동갑이기는 하지만 자신보다 연예계 데뷔 선배인 남윤미에게서 쉽게 말을 놓을 수가 없었다.

그리고 그건 남윤미 또한 마찬가지였다.

자신이 비록 데뷔를 먼저 했다고는 하지만 수현에게서는 신인이라고는 믿을 수 없게도 뭔가 아우라가 풍겼다.

그런 아우라를 느낀 남윤미다 보니 수현에게 함부로 대할 수가 없었다.

그 때문에 두 사람은 동갑이면서도 편하게 말을 트지 못하고 서로 존칭을 사용하고 있었다.

"배우들 준비하세요."

문 뒤에서 무전기를 들고 대기를 하던 김재홍이 다시 한 번 주위를 환기시키듯 소리쳤다.

그런 김재홍의 목소리에 대화를 주고받던 수현과 남윤미도 다시 정면을 보며 대기를 했다.

"곧 문이 열립니다. 3, 2, 1, GO!"

김재홍의 말이 떨어지기 무섭게 문이 열리기 시작했다.

앞에 대기를 하고 있던 단역들이 질서정연하게 문을 통과해 걸어갔다.

뒤이어 남윤미와 수현도 자연스러운 모습으로 문을 통과했다.

웅성! 웅성!

문 너머에서는 들리지 않던 소음이 밖으로 나오니 주변을 시끄럽게 울렸다.

남윤미의 뒤에서 캐리어를 끌고 뒤따르던 수현은 남윤미

에게 다가가 귓속말을 하였다.

물론 무슨 대화를 하기 위한 모습이 아니라 대본에 나와 있는 행동이었다.

오늘 촬영을 하는 장면은 중국 폭력 조직의 두목인 아버지의 하는 일이 마음에 들지 않은 딸이 대학에서 배웠던 전공을 살려 직장 생활을 하기 위해 아버지를 피해 한국으로 들어오는 장면이다.

하지만 리링(남윤미)의 생각보다 그녀의 아버지가 가진 영향력은 너무도 크고 거대해, 외국인 이곳 한국에까지 그 영향력을 뻗치고 있었다.

더욱이 리링은 알지 못했지만 경호원인 첸(정수현)은 리링이 가는 곳 어느 곳이나 함께하며, 그녀의 행방에 대해 그녀의 아버지에게 보고를 한다.

"前來迎接的人(저기 마중 나온 사람이 있습니다)."

"是, 我懂(네, 알았어요)."

리링은 첸의 말에 대답을 하고 도도한 표정으로 앞으로 걸어갔다.

첸이 가리키는 곳에 고개를 돌리자 그녀의 두 눈에 한자로 적힌 푯말을 들고 있는 이가 보였다.

"호산에서 나오셨나요?"

리링은 푯말을 들고 있는 이에게 다가가 물었다.

조금 전 첸과 중국어를 하던 것과 다르게 한국어로 그에

게 질문을 한 것이다.

"예, 혹시 대만에서 오신 이령 씨 맞습니까?"

"네, 제가 이령이에요."

리링은 마중 나온 사람과 이야기를 하고, 그가 자신을 마중 나온 갤러리 관계자라는 것을 확인했다.

"那个人對的. 因此, 辰, 回去(이 사람이 맞아. 그러니 첸은 돌아가)."

리링이 돌아가라는 말을 하였지만, 첸은 살짝 고개를 흔들며 거부를 하였다.

아주 작은 표현이었지만 첸을 보고 있던 리링은 그게 어떤 뜻인지 알 수 있었다.

"我在韓國生活了吧! 爸爸的帮助, 再不需要(난 한국에서 살 거야! 더 이상 아빠의 도움은 필요 없어)!"

리링의 역할을 하는 남윤미는 연기라고 믿기지 않을 정도로 리얼한 연기를 하였다.

'확실히 전문 배우라 다르네!'

리얼한 남윤미의 연기를 보면서 수현은 속으로 감탄을 하였다.

하지만 언제까지나 감탄만 하고 있을 수는 없었다.

수현 또한 자신이 맡은 첸이란 배역의 역할을 제대로 하기 위해 몰입을 하였다.

리링의 돌아가라는 말에도 첸은 마치 석상이라도 된 것마냥 아무런 말도 하지 않고 그 자리에 바른 자세로 섰다.

그런 첸의 모습에 리링은 작게 미간을 찌푸렸다.

"거기, 무슨 문제 있습니까?"

조금 떨어진 곳에서 남자의 목소리가 들려왔다.

리링은 조용히 소리가 들린 곳으로 시선을 돌렸다.

그리고 그곳에서 자신이 있는 쪽으로 다가오는 두 사람의 모습이 두 눈에 들어왔다.

하지만 리링의 눈에는 유독 한 사람의 모습이 깊게 다가왔다.

남자 주인공인 이수혁과 리링이 처음 만나는 장면이었다.

태국에서 오는 마약업자 리따웃을 잡기 위해 공항에 나와 있던 강민기와 이수혁이었다.

"무슨 일이죠? 도움이 필요하시면 말씀하십시오."

강민기는 리링의 아름다움에 첫눈에 반해 그녀가 남자 둘에게 앞뒤로 둘러싸여 분위기가 심상치 않자 나선 것이었다.

"아닙니다. 일행과 의견 충돌이 있어서 그런 것이니 그냥 지나가세요."

리링은 바로 앞에 직장 관계자가 나와 있는데, 외국에 나와 첫 인상을 나쁘게 보이기 싫어 빨리 현장을 벗어나기로 하고 그렇게 대답을 하였다.

아버지의 부하로 자신의 경호를 맡은 첸을 아버지에게 돌

려보내려 했지만 다른 사람이 끼어드는 바람에 어쩔 수 없었다.

"아, 일행이었습니까? 공공장소이니 자제 부탁드립니다."

조용히 있던 이수혁은 리링에게 한마디 하였다.

"야, 넌 어떻게 숙녀에게 말을 그렇게 하냐!"

강민기는 리링에게 주의를 주는 이수혁에게 핀잔을 주며 고개를 돌려 미소를 지어보이며 말했다.

"하하, 이놈이 미녀에게 면역이 없어 딱딱한 편입니다. 그럼 일 보시고, 저희는 가보겠습니다."

강민기는 딱딱한 이수혁 때문에 일이 틀어졌다고 생각하며 얼른 자리를 피했다.

원래 목적인 리따웃도 잡았고, 더 이상 할 일이 없던 중 리링의 모습에 첫눈에 반해 어떻게든 말을 걸어보려던 그의 계획이 친구인 이수혁 때문에 분위기가 틀어지자 속으로 그를 원망하며 자리를 뜬 것이다.

한편, 리링은 한 번도 자신에게 이렇게까지 직설적으로 말을 한 사람이 없었기에 흥미로운 눈빛을 하며 멀어지는 이수혁의 뒷모습을 쳐다보았다.

"컷! OK! 아주 좋았어!"

신을 끊어가지 않고 롱테이크로 끌며 한 번에 담았다.

촬영 허가 시간도 짧고, 열악한 환경이었기에 어쩔 수 없이 길게 간 것인데, 남윤미를 빼고 모두 신인들임에도 아무런 어색함 없이 잘 나왔다.

더욱이 남윤미와 정수현의 중국어 대사는 전혀 어색함 없이 자연스러워 더욱 마음에 들었다.

사실 김지민은 촬영을 하면서 이 부분에서 걱정을 많이 했다.

정수현의 중국어 실력이야 처음 회사에서 보았을 때 알아보았지만, 연기는 또 다른 문제였다.

더욱이 대상이 있고, 대화를 하면서 또 연기를 하는 것이니 오죽 힘들겠는가. 그런데 걱정과 다르게 두 사람의 호흡은 무척이나 잘 맞아 좋은 영상이 담겼다.

＊　　　＊　　　＊

찰칵! 찰칵!

일산 스튜디오에 많은 사람들이 모였다.

이 중에는 방송 관계자도 있지만, 이들보다 더 많은 수의 사람들이 기사를 쓰기 위해 모인 기자들이었다.

연예가 뉴스를 다루는 방송국 소속의 기자들도 있고, 신문사 기자들, 그리고 오늘 제작 발표를 하는 드라마 울프독에 출연하는 연기자들이 소속된 기획사 관계자들까지 있어 무척이나 어수선했다.

─ 지금부터 드라마 울프독의 제작 발표회를 거행하겠습니다.

사회를 맡은 MC가 마이크를 통해 공지하자, 여기저기 무리를 지어 뭉쳐 있던 사람들이 일제히 자신의 자리를 찾아 움직였다.

울프독에 출연을 하는 주요 배역의 배우들과 감독 등이 단상 가까이로 모여들었다.

무대 중앙에는 커다란 고사상이 놓여 있었다.

사실 이런 형식은 한국 특유의 문화였는데, 미신적인 요소가 가미되어 촬영 중 혹시나 있을지 모르는 사고를 미연에 방지하고자 하는 주술적 의미가 있는 것으로, 서양이나 다른 나라에서는 좀처럼 볼 수 없는 장면이다.

본래는 제작 발표회가 아닌, 첫 촬영 현장에서 주로 진행되고 보도자료를 위해 간단하게 사진 촬영을 하는 것이 일반적이었지만, 울프독 같은 경우 촬영 현장이 워낙 복잡하고 빠르게 진행되다 보니 아예 촬영 현장보다 제작 발표회에서 고사를 진행함으로써 많은 기자들에게 기삿감을 던져 주는 방법을 택했다.

하지만 그럼에도 고사를 지내는 모습은 결코 가볍지 않고 무척이나 진지하게 진행이 되었다.

울프독의 제작에 가장 큰 투자를 한 MJ엔터에서 나온 대표와 제작을 맡은 나무 픽처스의 사장이 가장 먼저 고사상에 절을 하고 물러나자, 뒤이어 감독과 작가인 한지훈이 그리고 그 뒤로 주연 배우들이 순서대로 절을 하였다.

수현도 그 틈에 끼어 절을 하였는데, 고사상에 절을 하면서도 조금은 생경한 경험을 하였다.

마치 누군가 자신을 지켜보는 듯한 느낌을 받았기 때문이다.

그래서 누가 자신을 쳐다보는 것인지 주변을 살펴보았지만 시선의 주인을 찾을 수는 없었다.

찾으려 하면 어디 갔는지 느낄 수 없었다.

그러다가도 잠깐 그것을 잊고 다른 사람과 대화를 하려고 하면 또다시 자신을 주시하는 시선이 느껴졌다.

그 때문에 무척이나 신경이 쓰여 조금 짜증이 나려고 하였지만, 좋은 자리에 신인이 짜증 난 모습을 보일 수는 없었기에 억지로 참았다.

＊　　　＊　　　＊

한편 울프독의 제작사인 나무 픽처스에서 보내온 초대장을 받고 참석을 한 최유라는 두 눈을 반짝이며 누군가를 쳐다보고 있었다.

간간이 자신에게 말을 걸어오는 사람이 있어 그를 상대해 줄 때를 제외하곤 줄곧 수현을 쳐다보았다.

드라마에는 관심도 없던 그녀가 드라마 제작 발표회에 참석을 한 것은 그녀를 아는 사람이라면 의외라 판단을 할 일이다.

지금까지 여러 차례 그녀를 초청하는 자리가 있었지만, 최유라는 연예계와 연관이 되는 것이 격이 떨어지는 일이라 생각해 모두 거절을 했었다.

그럼에도 이번에 나무 픽처스의 초청에 응한 것은 전적으로 요 근래 관심이 생긴 한 사람 때문이다.

딸이 자신의 생일에 초청을 하고 싶은 연예인이라며 부탁을 했었다.

그리고 그때 처음 그의 이름을 알게 되었고, 또 그날 처음 그를 보았다.

비록 자신보다 15살이나 어린 남자였지만, 최유라는 처음 그의 모습을 보고 첫눈에 반했다.

나이를 초월해 처음 보고 반할 수 있었던 것은, 그녀가 어려서부터 꿈꿔오던 이상형이 실제로 존재한다는 것을 처음으로 눈으로 확인을 했기 때문이다.

그날 이후 최유라는 오래전 잊었던 소녀적 감성을 되찾았다.

한 사람에게 향하는 심장의 두근거림은 언제나 냉철한 사업가였던 그녀의 정신이 이성적인 판단을 하기 힘들도록 만들었다.

마치 스타에 열광하는 10대 소녀 팬처럼 그녀는 로열 가드와 수현에게 일명 조공이라는 것을 하기 시작했다.

처음에는 가벼운 선물이었지만 시간이 지나면서 점점 고가의 선물을 보냈다.

물론 수현이나 로열 가드는 자신들에게 보내지는 팬들의 선물을 무척이나 고마워하였다.

하지만 점점 액수가 올라가는 고가의 선물을 받다 보니 부담이 되어 결국 양해를 구하고 고가의 선물을 되돌려 보냈다.

물론 그것이 상류층에 속하는 최유라에게는 결코 부담이 되는 가격은 아니었지만 로열 가드나 수현에게는 아니었다.

아이돌 그룹으로써 엄청난 인기를 끌고 많은 정산금을 받았지만, 최유라가 보내오는 선물은 부담이 될 수밖에 없었다.

최유라가 생각하기에 자신의 호의를 무시했다고 받아들이게 되면 문제가 될 수도 있는 일이었지만, 이미 수현에게 콩깍지가 씬 최유라는 수현의 정중한 거절에 순순히 그것을 받아들였다.

다만, 그것을 계기로 수현과 작은 연결 고리가 만들어진 것에 만족을 하였다.

하지만 시간이 지날수록 최유라는 조금 더 그리고 조금 더 뭔가를 갈구하게 되었다.

이번 나무 픽처스에서 촬영 장소로 갤러리에 섭외가 들어

왔을 때, 최유라는 처음에는 거절을 하려고 했다.

그런데 섭외 담당과 이야기를 하던 중, 이번 드라마에 수현이 출연을 한다는 것을 듣게 되었고, 또 수현이 맡은 역할이 미술 큐레이터인 여자 주인공의 경호원이란 것도 알게 되었다.

그러한 사실을 알게 되면서 그녀는 거절하려던 것을 번복하고 촬영 장소를 제공하였다.

어차피 자신이 관장으로 있는 호산 갤러리에 대한 홍보를 해야 하는데, 드라마 촬영 장소로 제공을 한다면 공짜로 홍보를 할 수 있으니 일석이조, 아니, 일석삼조의 아주 좋은 일이란 판단에 허가를 한 것이다.

예산을 들여 홍보하지 않아 좋고, 개인적으로도 촬영이 있을 때면 수현의 얼굴을 직접 볼 수 있을 것이니 너무도 좋은 일이었다.

더욱이 딸 또한 수현을 좋아해 이러한 사실을 알게 된다면 자신을 다시 보게 될 것이니 이 또한 좋았다.

그래서 이번 제작 발표회에도 참석을 하며 수현의 얼굴을 한 번이라도 더 보기 위해 나왔다.

남들이 이런 최유라의 내심을 알게 된다면 주책이라고 질책을 할 것이지만, 자신의 감정을 숨기는 것은 배우 못지않게 철저한 그녀이기에 이런 그녀의 내심을 아무도 알지 못했다.

＊　　　＊　　　＊

고사가 끝나고 파티가 시작이 되었다.

신인인 수현은 이곳저곳을 돌아다니며 관계자들에게 인사를 다녔다.

그가 로열 가드의 리더로서 이름을 날리고 있지만, 이 자리에 있는 사람들은 가요계와 관계 있는 사람들이라기 보단 영화나 드라마에 더 연관이 있는 사람들이다.

물론 가요계에서도 수현은 아직 데뷔한 지 1년도 되지 않은 신인이고, 또 연기도 처음으로 도전을 하는 신인이기에 이런 자리에 나가게 되면 가장 먼저 하는 것인 선배들이나 감독, 작가들에게 인사를 드리는 것이다.

"휴!"

수현은 파티장을 돌아다니며 인사를 모두 마쳤다.

그 때문에 힘이 들었는지 깊게 한숨을 쉬었는데, 그것을 본 전창걸이 그의 어깨를 두드리면 격려하였다.

"수고했다."

"무슨 인사할 사람이 이렇게 많은지……."

"그렇지, 하지만 아직 신인이니 열심히 얼굴을 알려야지."

"네, 알고 있어요. 하지만 힘든 것은 힘든 것이에요."

아닌 게 아니라 육체적으로 그리 무리가 가는 것은 아니었지만, 역시나 사람을 상대하는 것은 육체적 피로보단 정신적 피로가 더 심했다.

그래서 이를 매니저인 전창걸에게 하소연을 하고 있는 중이었다.

하지만 두 사람이 대화를 하는 중 누군가 난입했다.

"수현 씨! 오랜만이에요."

최유라는 한쪽에서 기회를 보다 수현이 매니저와 파티장 한곳으로 떨어져 이야기를 하고 있자 자연스럽게 그곳으로 다가가 말을 걸었다.

전창걸과 이야기를 하면서 잠시 쉬려던 수현은 갑자기 들린 목소리에 고개를 돌리다 최유라를 보았다.

"앗!"

최유라의 모습에 짧게 비명을 지른 수현은 얼른 자세를 바로하고 인사를 하였다.

"여사님! 안녕하셨습니까?"

수현은 최유라의 얼굴을 확인하고 정중하게 인사를 한 것이다.

"어휴! 여사님이라 하지 말라니까! 그럼 내가 너무 나이 들어 보이잖아!"

최유라는 짐짓 삐친 것 같은 목소리로 수현을 보며 타박을 하였다.

"전에 그냥 누나라고 부르라고 했는데, 설마… 내가 누나라 불리기에 너무 나이 들어 보이는 거야?"

쌜쭉한 표정으로 물어오는 최유라의 모습에 이를 지켜보던 전창걸은 놀란 눈으로 그녀와 수현을 번갈아 보며 어떻게 해야 할지 갈피를 잡지 못해 아무런 말도 하지 못하고 그저 두 사람을 지켜보기만 했다.

한편, 수현은 최유라가 자신에게 말을 걸자 속으로 한숨을 쉬었다.

'하! 오늘 정말 피곤하네!'

처음 만남부터 최유라가 자신과 로열 가드에 보낸 선물들 때문에 살짝 골치가 아팠다.

아니, 처음에 자신에게 보였던 관심에 대해 깊게 생각지 않아 어떻게 대응을 해야 할지 몰라 조금 머뭇거린 것이 지금에 이르게 했다는 판단을 하게 되었다.

처음 생일 파티에 초대를 되어 갔다가 끝나고 나올 때, 명함을 받았을 때 확실하게 대처를 해야 했는데, 그런 때 어떻게 대처를 해야 하는지 알지 못해 그냥 지나친 것이 지금은 어떻게 해볼 수 없을 정도로 엮이고 말았다.

지금에는 회사에서도 어떻게 해주지 못하는 상황에 이르게 되었는데, 그도 그럴 것이 집안에 돈이 많은 재벌가 패밀리인 그녀는 나이를 초월해 자본으로 로열 가드의 팬클럽 회장에 앉았다.

아이돌 그룹의 팬클럽 회장, 그것도 재벌가 자식이면서 또 며느리이고 개인적으로 유명 갤러리 관장이니 그녀 자신도 사회적으로 상당한 파워를 가진 존재다.

그러니 아무리 킹덤 엔터라고 해도 함부로 그녀를 어떻게 해볼 수 없었다.

아니, 자칫 밉보였다가는 킹덤 엔터가 타격을 받을 수도 있었다.

그 때문에 회사에서는 오히려 수현을 다독이며, 그녀와 좋은 관계를 유지하길 원했다.

그래서 스케줄을 조정하여 최유라나 그녀의 딸과의 시간을 마련해 주기도 했다.

수현도 이젠 사회가 어떻게 돌아가는지 알기에 회사의 방침을 거부하지 않았다.

괜히 자신이 거부했다가 로열 가드의 동생들이 피해를 볼 수도 있는 문제였기 때문이다.

그리고 어떻게 보면 부적절한 만남이었지만 특별히 뭔가를 요구하는 그런 관계도 아니었기에 지금까지 유지가 되었다.

다만, 개인적으로 수현은 자신이 점점 상품이 되어가는 것은 아닌가 하는 생각이 든다는 것이 문제다.

그 때문에 수현은 때때로 모든 것을 털고 연예계를 떠나고 싶은 충동을 느낄 때도 있지만, 그렇다고 정말로 그렇게 떠날 생각은 없었다.

피곤하기는 하지만 아직은 참을 만했기 때문이다.

이러한 수현의 생각을 하는지 모르는지 최유라는 수현과 같은 공간에 있다는 것이 마냥 즐거웠다.

정말이지 그녀의 인생에서 생각지도 못한 일탈을 현재 하고 있기 때문이다.

다른 상류층 인사들과 다르게 자신에게 주어진 것에 만족을 하고 의무를 수행하는 것만이 자신의 인생이라고 생각하던 최유라다.

그 때문에 다른 상류층 친구들이나 남편이 외도를 통해 집안에서 받는 스트레스를 해소하는 것과 다르게 그동안 그녀는 사랑은 없지만 적당한 조건의 남자와 결혼을 하였고, 딸인 미영을 낳았다.

그리고 사업도 참여를 하여 상당한 위치에까지 올려놓았다.

그러면서 속으로 자신의 의무도 제대로 하지 않고 권리만 즐기는 남편과 친구들을 자신보다 아래로 보며 그것에서 오는 카타르시스를 즐겼다.

그런데 수현을 본 뒤로 그런 것은 전혀 그녀에게 즐거움을 주지 못했다.

아니, 오히려 충족되지 않는 갈증을 느끼게 만들었다.

그래서 그런지 그녀는 늦은 나이에 아이돌 그룹에 대한

팬질, 아니, 덕질을 하기 시작했다.

그런 문화에 대해 잘 알지 못하니 그녀는 자신이 알고 있는 방법으로 로열 가드나 수현에게 팬으로서의 활동이 아닌 돈으로 관심을 사려고 하였다.

물론 방법이 잘못되었지만, 어찌 되었든 수현의 관심을 끄는 것에 성공을 하였고, 몇 번 개인적으로 수현과 만나 식사도 하고 자신이 관장으로 있는 갤러리에서 데이트 아닌 데이트를 하기도 했다.

사실 오늘도 최유라는 어떤 작은 바람을 가지고 나무 픽처스의 드라마 제작 발표회에 왔다.

그리고 이렇게 만나 대화를 하고 있었다.

"알겠습니다, 누님!"

"누님 말고 누나라고 하면 안 될까?"

눈을 반짝이며 쳐다보는 최유라의 모습에 수현은 작게 한숨을 쉬며 그녀의 말을 따랐다.

"휴! 네, 알겠습니다. 다음부턴 누나라고 부를게요."

"응, 수현이에게 누나라고 불리니 내가 더 젊어진 것 같아 좋네! 호호호!"

최유라는 수현이 다음부터 자신을 누나라 불러주겠다고 하는 대답을 듣고 너무도 기뻐 소리 내어 웃었다.

한편, 두 사람이 하는 대화를 옆에서 듣고 있는 전창걸은 눈을 반짝였다.

암만 봐도 나이 많은 유부녀가, 그것도 돈이 엄청나게 많은 로열패밀리가 아이돌 가수에 몸이 달아 하는 모습을 목격한 것이다.

이를 잘만 이용하면 자신이 맡고 있는 로열 가드를 지금보다 더 높은 곳으로 띄울 수 있다는 생각이 들었다.

하지만 곧 그런 생각을 머릿속에서 떨쳐 냈다.

그동안 겪어 본 수현은 그런 것에 절대 타협할 위인이 아니었다.

현재도 그러한 경향이 없진 않지만, 아직은 선을 넘지 않은 것인지 참고 넘어가고 있었다.

그렇지만 그것이 언제까지 통할지는 아무도 몰랐다.

"관장님, 가실 시간입니다."

수현과 즐겁게 이야기를 하고 있을 때, 최유라의 비서인 황인영이 다가와 그녀의 귓가에 귓속말을 하였다.

갤러리 관장이다 보니 최유라의 스케줄도 무척이나 빡빡했다.

사실 오늘 드라마 제작 발표회도 다른 스케줄을 미뤄두고 참석을 한 것이다.

그러니 더 이상 스케줄을 미룰 수는 없어 인영이 그녀에게 알린 것이었다.

"어머! 벌써 시간이 이렇게나 흘렀네!"

최유라는 인영의 말에 시간을 확인하고는 호들갑스럽게

스타일라이트

말을 하였다.

"즐거운 시간이었습니다."

수현은 이제야 최유라에게서 벗어날 수 있다는 생각에 얼른 인사를 하였다.

"시간만 더 있었으면 동생과 더 이야기를 나누고 싶었는데, 아쉬워!"

"아닙니다. 유익한 시간이었요, 누나."

얼른 그녀와 떨어지고 싶은 수현은 그녀의 동생이란 말에 장단을 맞춰주었다.

그런 수현의 마음도 모르고 최유라는 자신을 누나라고 불러주는 수현의 목소리에 볼이 빨갛게 상기되었다.

"고마워! 그럼 다음에 봐!"

수현이 누나라 불러준 것에 최유라는 당황한 것을 감추기 위해 얼른 작별 인사를 하고 자리를 떠났다.

한편 최유라가 빠른 걸음으로 파티장을 빠져나갈 때, 그녀의 비서인 황인영은 수현의 얼굴을 잠시 돌아보다 급히 최유라를 따라갔다.

"야, 정수현이 그런 기름진 말도 할 줄 알고, 이 기회에 카바레로 진출하는 것은 어떠냐?"

그동안 옆에서 구경을 하고 있던 전창걸은 마지막에 수현이 최유라에게 하는 말을 들으며 그렇게 입을 열었다.

"실장님, 더 있어야 하나요?"

수현은 더 이상 이곳에 있고 싶은 마음이 사라져 매니저인 전창걸에게 물었다.

"뭐, 인사도 다 끝냈고, 감독님이나 다른 배역들도 다 간 것 같으니 우리도 그만 가도 되겠다."

아닌 게 아니라 주변을 둘러보니 제작 발표회 주요 인사들은 모두 사라진 상태다.

그러니 파티를 더 즐길 사람은 남아서 더 즐기고, 갈 사람은 가도 문제가 될 일은 없을 듯했다.

"일단 저기 조감독이 보이니 그에게 이야기하고 우리도 가자!"

전창걸은 혹시나 하는 생각에 주변을 살피다, 저기 멀리 조감독인 김재홍이 눈에 띄자 그렇게 말을 하였다.

"네, 그게 좋겠네요."

수현과 전창걸은 그렇게 조감독 김재홍을 찾아가 스케줄 때문에 가봐야 한다는 핑계를 대고 파티장을 떠났다.

스타라이트

Chapter 4

문화 TV 수목 드라마 울프독

딸랑! 딸랑!

"아주머니, 여기 삼겹살 4인분 주세요."

남녀가 섞인 네 명이 가게 안으로 들어오면서 소리쳤다.

행주로 식탁을 닦으며 정리를 하던 여인은 당황한 표정으로 대답을 하였다.

"저, 저기…… 죄송한데, 마감 끝났는데요."

수요일 저녁 9시 40분, 일반 고깃집치고는 무척이나 이른 시간이었지만, 이곳은 9시 30분에 벌써 마감을 하고 정리를 하고 있었다.

그 때문에 마지막 손님이 나간 자리를 정리하던 정숙은

새로운 손님이 들어온 것에 당황한 것이다.

"네? 지금 시간이 몇 시인데 벌써 문을 닫아요?"

손님 중 한 명이 약간 큰 목소리로 물었다.

어디서 1차를 하고 온 것인지 그들의 얼굴은 살짝 붉게 달아올라 있었다.

"어유! 이런, 손님들 죄송합니다. 오늘은 영업이 끝났는데, 간판 불을 내린다는 것이……."

조윤희는 얼른 당황하고 있는 정숙의 곁으로 다가가며 그녀를 대신해 손님을 상대하였다.

"사장님이세요?"

"네, 제가 이곳 사장입니다."

"그러세요. 그런데 무슨 이유라도 있는 것입니까? 아직 음, 10시도 되지 않았는데."

손님 중 한 명이 가게에 걸린 커다란 벽시계를 보며 물었다.

"아, 예, 그게……."

이곳 가게 사장인 조윤희는 선뜻 대답을 하지 않고 말끝을 흐렸다.

"그게, 여기 사장님 아드님께서 드라마에 나오셔서 그거 봐야 하거든요."

한쪽에 물러나 있던 정숙이 대답을 하지 못하고 우물쭈물하고 있는 조윤희를 대신해 대답을 하였다.

사실 조윤희는 자신의 아들이 드라마에 나와서 그것을 봐야 하기 때문에 가게 문을 일찍 닫는다고 말하기가 너무도 남사스러워 대답을 하지 못하고 말을 얼버무린 것이다.

이러한 사실을 캐치한 정숙이 나서서 대답을 하였다.

"어머! 사장님 아드님께서 탤런트예요? 무슨 드라마인데요?"

일행 중 여자 손님 한 분이 정숙의 대답에 호기심을 보이며 물었다.

"이제 곧 하겠네요. 문화 TV에서 하는 수목 드라마."

"아! 그 여자보다 더 예쁘장하게 생긴 남자 나오는 그 드라마요?"

"어머! 정말이에요? 설마 그 사람이 사장님 아들이에요?"

여자 손님들이 정숙의 말에 관심을 보이며 물어왔다.

문화 TV에서 방영 중인 드라마 중 최고의 인기를 끌고 있는 드라마가 바로 수요일과 목요일에 방송되고 있는 드라마였다.

그리고 그녀들도 즐겨 보는 드라마이기도 했기에 정숙의 말에 관심을 보이는 것이다.

"아니에요. 여자 주인공 경호해 주는 역할이에요."

손님들이 관심을 보이자 조윤희는 얼른 정정을 해주었다.

그녀의 아들이 맡은 배역은 경호원 역할을 하고 있었기

때문이다.

"아, 그러고 보니 벌써 10시네. 사장님, 같이 좀 봐도 될까요?"

손님 중 한 명이 조윤희를 보며 드라마를 같이 봐도 되는지 물었다.

"그러세요."

조윤희는 아들이 나오는 드라마를 보고 싶어 한다는 것에 차마 거절하지 못하고 허락을 하였다.

사실 가게 마감을 이렇게 일찍 하는 것은 수요일과 목요일뿐이다.

이는 아들 수현이 문화 의 수목 드라마에 출연을 한다는 이야기를 들은 뒤로 그렇게 한 것이다.

이곳 가게도 아들이 돈을 벌어 마련해 준 것이었는데, 수요일과 목요일 이틀 조금 빨리 문을 닫는다 해도 별로 손해 볼 것도 없기에 그리하였다.

연예인이 된 외아들을 볼 기회는 한 달에 몇 번 볼 기회가 없기에 아들이 출연하는 TV 프로그램은 빠짐없이 모니터를 하였다.

그리고 드라마에 출연을 한다는 이야기를 듣게 되자 바로 이렇게 영업시간을 조정하면서까지 찾아보는 중이다.

사장인 조윤희의 허락이 떨어지기 무섭게 손님들은 가게 안에 비치된 TV 앞으로 갔다.

그곳에는 이미 정리를 마치고 자리하고 있던 가게 종업원들이 모여 있었다.

조윤희도 얼른 가게 간판 불을 끄고 문에는 'closed'라고 적힌 푯말을 문에 걸고 자리를 잡았다.

＊　　　＊　　　＊

"이령 씨, 잘 가요."

"네, 수고하셨습니다."

리링의 직업은 미술품 큐레이터다.

한국 최고의 미술관인 호산 갤러리에서 근무를 하고 있으며, 이번 전시회도 성공적으로 끝마치고 퇴근을 하는 중이다.

또각. 또각.

대리석 바닥을 내딛는 구두 발자국 소리가 주차장 안에 크게 울렸다.

부우우웅!

끼이이익!

갑자기 빠르게 달리는 자동차 소리가 지하 주차장 안을 울렸다.

그러면서 마치 얼마나 급박하게 상황이 돌아가는지 말해 주는 듯 타이어가 밀리는 소리도 함께 들렸다.

쫘라락! 덜컹!

승합차 한 대가 빠르게 다가오더니 리링의 앞에 멈춰 서고는 문이 열렸다.

그리고 그 안에서 일단의 사내들이 나와 리링을 포위하였다.

"뭐, 뭐예요?"

리링은 갑자기 달려드는 사내들을 보며 당황해 소리쳤다.

하지만 그녀를 둘러싼 사내들에게선 어떤 말도 들려오지 않았다.

부웅! 끼익!

이때 또 다른 승용차 한 대가 빠르게 접근하여 멈췄다.

"小姐(아가씨)!"

리링의 경호원인 첸은 리링의 퇴근 시간에 맞춰 주차장에 대기를 하고 있었다.

그러다 리링이 나오는 것을 보고 그녀의 앞에 차를 대기 위해 시동을 걸었다.

그런데 이때 의문의 승합차 한 대가 리링의 앞에 서며 그녀를 위협하는 모습을 보고 급하게 달려온 것이다.

"첸!"

"小姐, 淸不要担心(아가씨, 걱정하지 마십시오)."

리링의 경호원인 첸은 리링을 자신의 뒤로 보내고 그녀의 앞을 막아섰다.

한편, 리링을 납치하기 위해 나왔던 흑룡강파 조직원들은 갑자기 튀어 나온 첸을 보며 긴장을 하였다.

이들은 조직과 경쟁을 하는 청방의 두목의 딸인 리링을 납치하기 위해 온 것이었다.

하지만 리링을 납치하는 것은 생각보다 여의치 않았다.

그도 그럴 것이 리링의 곁에는 언제나 그녀의 경호원인 첸이 붙어 있었기 때문이다.

비록 경호원은 그 한 명뿐이지만, 첸은 중국에서도 유명한 무술의 고수였다.

자신들이 비록 숫자가 다수라고는 해도 첸을 따돌리고 리링을 납치하는 것이 쉽지 않았다.

그 때문에 기회를 보다 리링이 혼자가 되는 것을 보고 움직인 것이었다.

하지만 리링이 혼자라 생각했던 것과 다르게 그녀의 경호원인 첸이 가까운 곳에 있었다.

"어쩔 수 없다. 쳐라!"

"하오!"

리링을 납치하기 위해 출동을 했지만 첸이 앞을 가로막자 이들은 어쩔 수 없이 그냥 첸을 무시하고 리링의 납치를 감행하기로 결정하였다.

"하!"

리링과 첸을 둘러싸고 있던 흑룡강파의 조직원들은 두목

의 명령에 고함을 지르며 달려들었다.

그들의 손에는 단검과 손도끼와 같은 무기까지 들려 있었다.

무술 고수인 첸을 상대로 맨손으로 달려드는 것은 섶을 지고 불속으로 뛰어드는 것과 다를 바가 없었기 때문이다.

첸이 맨손이라고 하지만, 첸은 무술 고수로서 맨손으로도 충분히 사람을 죽일 수 있는 사람이었다.

실제로 그의 손에 죽은 흑사회 조직원들이 한두 사람이 아니다.

그러니 두목의 명령이 떨어지기 무섭게 이들은 허리춤에 차고 있던 무기를 꺼내 들고 달려든 것이다.

그런 흑룡강파 조직원들의 모습을 보면서도 첸은 전혀 당황하지 않고 자세를 낮췄다.

"하압!"

달려드는 조직원들을 보며 첸은 짧고 굵직한 기합을 지르며 주먹을 내질렀다.

첸이 내지른 주먹에 가장 먼저 달려들던 흑룡강파 조직원 한 명이 가슴을 얻어맞고 달려들던 것보다 더 빠르게 튕겨 나갔다.

"헉!"

이를 부하들에게 명령을 내리고 뒤에서 지켜보던 흑룡강파 간부는 깜짝 놀라 헛바람을 들이켰다.

스파이드

그러거나 말거나 첸은 리링을 지키기 위해 무기를 들고 접근하는 이들을 맞아 대응을 하였다.

"죽여!"

"죽어라!"

흑룡강성의 조선족 출신들인 이들은 첸의 무시무시한 쿵푸 실력에 두려운 마음이 일기도 했지만, 두목의 명령이 떨어졌기에 뒤로 물러설 수는 없었다.

그래서 두려움을 떨치기 위해 더욱 고함을 지르며 무섭게 달려들었다.

마치 여러 마리의 승냥이가 어린 양을 습격하려고 하는 곳에 홀로 뛰어든 사자와 같은 위용을 자랑하는 첸의 모습을 이들은 어떻게 해볼 도리가 없었다.

퍽! 퍽!

"으악!"

"엑!"

쿵! 쿵!

첸의 주먹을 가슴에 맞은 조직원들은 외마디 비명을 지르며 뒤로 날아간 뒤 일어나지 못했다.

* * *

"그만 퇴근들 하지."

이수혁은 시계를 쳐다보고는 소리쳤다.

"아으!"

이수혁의 옆자리에 있던 강민기는 기지개를 하며 자리에서 일어났다.

"벌써 시간이 이렇게 됐네!"

자리에서 일어난 강민기도 벽에 걸린 시계를 보며 중얼거렸다.

벽에 걸린 시계는 벌써 지금이 9시가 넘었음을 가리키고 있었다.

"수혁이 넌, 오늘도 리링 만나러 갈 거냐?"

자리를 정리하고 있는 동기 수혁을 보며 강민기가 물었다.

늦었지만 하던 업무를 끝내고 자리를 정리하던 수혁은 동기 강민기의 물음에 대답은 하지 않고 살짝 웃어주었다.

그런 수혁의 모습에 입꼬리를 올린 강민기가 한 소리 했다.

"야, 늦바람이 무섭다고 하더니, 대학 다닐 때는 그렇게 여자에게 눈길도 돌리지 않던 이수혁이 한 여자에게 빠지다니… 수연이가 이 모습을 봐야 하는데."

강민기는 대학 동기 중 한 명인 이수연을 언급했다.

이수연은 한때 수혁과 연인으로 발전을 할 수도 있던 여후배였다.

그녀가 수현이 좋다고 쫓아다녔지만, 순직한 아버지의 뒤를 따라 국정원 요원이 되기 위해 공부를 하던 이수혁이었기에 그녀에게 결코 눈을 돌리지 않았다.

하지만 강민기는 잘 알고 있었다.

어려서부터 수혁과 형제처럼 함께 자랐기 때문이다.

이수혁도 자신을 따라다니는 이수연에게 관심이 있었다는 사실을 잘 알고 있었으며, 그 때문에 그도 이수연에게 관심이 있었지만 일부러 수혁에게 양보를 했다.

하지만 결과적으로 수혁과 이수연은 이어지지 못했다.

발단은 이수연이 결코 평범한 가정의 자식이 아니었기 때문이다.

일명 로열패밀리라 불리는 재벌가 자식인 이수연이다 보니, 조실부모한 이수혁은 수현의 짝으로서 불합격이었다.

그 때문에 수연의 집안에서 수혁과 이수연의 만남을 방해하였고, 그 과정에서 수혁은 이수연의 집안으로부터 협박과 위협을 받기도 했다.

이러한 과정을 옆에서 보았기에 강민기는 수혁이 이수연을 잊고 새로운 사람을 만나는 것에 적극 찬성을 하였다.

그러면서도 한편으로 자신이 첫눈에 반한 리링과 수혁이 잘되어가는 것을 보며 한쪽 가슴이 시렸다.

그래서 그런지 모르겠지만 더욱 수혁을 놀리는 중이다.

"그런 것 아니다."

이수혁은 얼른 동기에게 변명을 하고 재킷을 들고 밖으로 나갔다.

그가 가는 곳은 바로 리링이 근무하는 호산 갤러리였다.

리링이 호산 갤러리의 큐레이터로 근무를 하고 있으니 그녀를 만나기 위해 그것으로 향하는 것이다.

처음 인천 공항에서 보았고, 두 번째는 정말로 우연히 만났다.

일이 없어 일찍 퇴근을 하던 이수혁이 회사 근처에 갤러리가 있는 것을 보고 옛 추억이 생각나 갤러리로 들어갔다.

그런데 그곳이 바로 리링이 근무를 하는 곳이었다.

두 번이나 되는 기이한 만남에 수혁과 리링은 이상한 예감을 받았다.

비록 첫눈에 반한 것은 아니었지만 두 사람은 두 번째 만남에서 뭔가 알 수 없는 숙명을 느끼고, 만남이 한 번, 두 번 반복이 되면서 점점 가까워졌다.

그리고 그 관계는 이제는 연인으로 발전을 하였다.

수혁은 빠른 걸음으로 호산 갤러리로 향했다.

그런데 호산 갤러리에 도착을 한 수혁은 갤러리와 어울리지 않는 낡은 승합차가 빠르게 지하 주차장으로 들어가는 것을 보았다.

그렇게 승합차가 빠르게 호산 갤러리의 지하 주차장으로 들어가고, 이상한 예감에 수혁은 빠르게 달려 승합차의 뒤를 쫓았다.

우당탕탕!

퍽! 퍽!

"으악! 으악!"

"죽여!"

'뭐지!'

지하 주차장에 진입한 수혁은 안에서 들리는 요란한 소리에 뒷목이 서늘해지는 느낌을 받았다.

기이한 예감에 수혁은 조심스럽게 소란이 일어나고 있는 장소로 접근을 하였다.

"억!"

조심스럽게 소란이 일고 있는 근원지로 접근을 하던 수혁은 그곳에서 한 사람과 그 사람을 지키기 위해 흉기를 들고 있는 조폭들과 싸움을 벌이고 있는 사람을 보고 비명을 질렀다.

그러고는 뒤도 돌아보지 않고 그곳으로 뛰었다.

"야아!"

요란한 기합과 함께 현장에 도착한 수혁은 무기를 들고 첸을 공격하고 있는 조폭을 뒤에서 덮쳤다.

퍽!

3m를 뛰어 이단옆차기를 시도한 이수혁, 그의 공격을 받은 조폭은 느닷없는 기습에 몸을 가누지 못하고 앞으로

밀려났다.

그런 후, 그는 중심을 잡기도 전에 첸의 이차 공격에 무너졌다.

리링을 납치하기 위해 그녀의 경호원인 첸을 공격하던 흑룡강파 조직원들은 느닷없이 끼어든 수혁으로 인해 혼란스러워졌다.

첸 혼자였을 때도 그를 어쩌지 못하고 있었는데, 또 다른 방해꾼까지 나타나자 더욱 손발이 어수선해진 것이다.

"아, 씨, 저놈은 또 누구야!"

갑자기 나타난 수혁으로 인해 리링의 납치가 더욱 어려워지자, 조직원들에게 첸을 공격하라고 명령을 내리던 흑룡강파 간부는 고함을 질렀다.

그렇지만 이곳에 있는 어느 누구도 그의 말에 대답을 해 주는 이가 없었다.

느닷없는 이수혁의 난입으로 한순간 현장은 대치 국면으로 접어들었다.

"후우! 후우!"

이수혁의 난입으로 잠시 소강상태가 되자, 첸은 깊게 심호흡을 했다.

아무리 그가 무술의 고수라 하지만 다수의 조폭을 상대로 리링의 안전을 확보하면서 조폭들을 상대하는 것은 여간 힘든 일이 아니었다.

만약 이수혁이 조금만 늦게 나타났더라면 상황은 어떻게 변했을지 장담할 수 없었다.

아니, 어쩌면 리링은 이들에게 납치가 되었을지도 몰랐다.

그랬기에 리링의 주변을 돌고 있는 이수혁이 마음에 들진 않지만 오늘의 도움은 너무도 고마웠다.

그래서 그런지 첸은 이수혁을 보며 감사의 마음을 담아 살짝 고개를 숙여 보였다.

그런 첸의 모습에 이수혁은 살짝 입 꼬리를 올리며 미소를 지었다.

자신이 리링을 만나러 오는 때면 언제나 인상을 찡그리던 첸이 자신을 보며 고개를 숙이자 기분이 좋아졌기 때문이다.

*　　　*　　　*

"어머! 저기 기사단장이다."

유미진은 TV를 보다 자신이 잘 아는 얼굴이 보이자 소리쳤다.

"기사단장?"

옆자리에 앉아 조용히 드라마를 시청하고 있던 미경은 눈을 깜빡이며 뭔가 놀라 흥분을 하고 있는 친구를 돌아보았다.

"어, 정말이네! 로열 가드의 리더 수현이네!"

미진의 큰소리에 한쪽에서 친구와 술잔을 기울이고 있던 미진의 남편 지웅이 TV 화면을 돌아보다 중얼거렸다.

"지웅 씨도 저 사람 알아요?"

미경은 친구 유미진의 남편인 지웅까지 뭔가를 아는 듯 이야기를 하자 그를 돌아보며 물었다.

"지웅아! 기사단장이 누구야?"

지웅과 술 대작을 하고 있던 미경의 남편 성웅이 물었다.

사실 이들은 대학 동기이며 또 부부였다.

학창 시절부터 함께 어울리던 시간이 많았던 이들은 졸업 후에도 직장 생활을 하면서 계속해서 모임을 이어오다 결혼 에까지 골인을 한 특이한 이력을 가진 부부다.

그런데 유미진과 남편 박지웅은 아이돌에 관심이 많았다.

취미가 바로 아이돌 덕질이었고, 두 사람은 학창 시절 이런 코드가 맞아 연인이 되고, 결혼에 골인을 한 것이다.

그러니 결혼을 한 뒤에도 각자 상대가 좋아하는 연예인에 대한 덕질을 가지고 다투는 일은 없었다.

그러다 우연히 유미진과 박지웅의 팬심이 합일을 이루는 일이 생겼다.

그것은 바로 킹덤 엔터에서 작년 데뷔를 한 로열 가드라 는 남성 아이돌 그룹이다.

원래 박지웅은 아이돌에 관심이 있는 것이 아니라 오직 한 명의 스타에 빠져 있었다.

그 스타가 누군가 하면 바로 아시아의 여왕이란 닉네임을 가지고 있는 최유진이다.

고등학생 시절부터 그녀에 빠져 그녀의 팬 카페인 기사단에 가입을 하고 10여 년째 활동을 하고 있었다.

그러던 중 최유진이 소속된 킹덤 엔터에서 로열 가드라는 남성 아이돌 그룹이 데뷔를 한다는 소식을 접했다.

처음에는 그러려니 하고 넘어가려 했는데, 로열 가드의 뮤직비디오에 그가 좋아하는 스타 최유진이 출연을 하고, 데뷔곡에도 피처링을 하며 도움을 주었다는 이야기를 팬카페에서 듣게 되었다.

이렇듯 박지웅이 처음 로열 가드에 대해 알게 된 것이 최유진의 팬카페를 통해 그녀의 응원 문구를 보고 관심을 보이게 되었다면, 그의 부인 유미진은 원래부터 잘생긴 보이그룹에 관심이 많은 여자였다.

특정 그룹에 빠지는 스타일이 아니라 잘생긴 아이돌에 열광하는 그저 흔한 빠순이었다.

유미진이 처음 로열 가드를 알게 된 것은 로열 가드가 처음 데뷔를 한 KTV의 음악 은행이란 프로에서다.

자신이 좋아하는 아이돌을 응원하기 위해 방청을 하고 있던 그녀는 그날 데뷔를 하는 로열 가드를 보고 한눈에 반해 버렸다.

원래 잘생긴 남자 아이돌에 관심이 많았던 그녀였기에 로열 가드의 데뷔 무대를 보고 한눈에 반하지 않고는 배기지 못했다.

더욱이 로열 가드의 리더인 수현의 외모는 단연 압권이었다.

막말로 그날 피날레를 장식했던 1위를 한 퍼스트는 로열 가드의 데뷔 무대가 끝나고 묻혀 버렸다.

1위를 했음에도 실시간 검색어나 연예가 뉴스에서 단 한 차례도 언급이 되지 않았을 정도로 좌판 신문이나 인터넷 뉴스에 온통 로열 가드의 데뷔 이야기뿐이었다.

물론 당시 데뷔 무대에 월드스타 최유진이 등장을 한 것 때문인 것도 있었지만, 로열 가드 자체 매력도 상당했다.

더욱이 그다음 날 예능 프로그램에서 활약을 하는 수현의 모습이 송출이 되면서 로열 가드는 일약 스타덤에 올랐다.

그 뒤로 유미진은 지금까지 따라다니던 아이돌 그룹의 팬카페를 탈퇴하고 로열 가드의 팬카페에 회원 가입을 하였다.

이렇게 각자 원래는 다른 사람의 팬이었지만 로열 가드의 데뷔 무대를 계기로 다른 것을 불문하고 이들 부부는 로열 가드의 팬이 되었다.

박지웅은 최유진의 팬이면서도 로열 가드의 리더 수현이

자신과 같은 최유진의 팬카페 회원이란 것에 동질감을 느끼며 로열 가드, 수현에게 관심을 보였으며, 보면 볼수록 수현의 매력이 빠져들었다.

그러니 TV를 보면서 수현에 대해 물어오는 친구의 질문에 팬카페를 통해 자신이 알고 있는 수현에 대해 마치 자신이 잘 알고 있는 친구 이야기를 하듯 이야기를 하였다.

"데뷔한 지는 겨우 6개월 정도밖에 되지 않았지만 이미 국내 아이돌 중에서 상당한 네임벨류를 가지고 있다. 저기 조폭들과 싸우고 있는 경호원 역할를 하고 있는 사람이 바로 로열 가드의 리더 수현이다. 그래서 기사단장이라는 별명으로도 불리고 있지."

지웅은 눈을 반짝이며 설명을 하였다.

"호호호! 이건 사장님이 드리는 서비스예요."

정숙이 언제 다가왔는지 이들이 이야기를 하는 테이블로 다가와 사이다와 콜라를 테이블에 내려놓으며 조윤희를 가리켰다.

"네? 이거 가게 문을 닫은 뒤에 들어온 것도 미안한데, 서비스까지 주시다니……."

지웅의 이야기를 듣고 있던 성웅이 눈을 동그랗게 뜨며 중얼거렸다.

아닌 게 아니라 이들은 오랜만에 부부 동반으로 술을 한 잔 더 하려고 가게를 찾았다.

하지만 이곳은 이미 마감을 마친 상태였다.

그러다 드라마를 보기 위해 다른 때보다 일찍 정리를 한다는 이야기를 듣고 평소 드라마는 꼭 빼놓지 않고 보는 유미진과 미경으로 인해 가게 한쪽에 자리를 잡게 되었다.

이런 일행들의 사정을 들은 조윤희는 비록 마감을 하기는 했지만 아들이 나오는 드라마의 팬이라는 이들을 그냥 놔두기 미안해 간단한 안줏거리와 함께 소주 두 병을 내주었다.

그것을 가지고 지웅과 성웅이 대작을 하며 마시고 있었고, 미진과 미경은 드라마를 보고 있었던 것이다.

그러니 이곳 사장이 서비스를 준다는 것에 미안한 마음이 드는 것은 당연한 일이다.

"사실 저기 경호원을 하고 있는 사람이 바로 여기 사장님 아드님이에요."

정숙은 살짝 고개를 숙이며 작은 목소리로 지금 보고 있는 드라마에 나오는 사람이 여기 사장의 아들이라고 설명을 하였다.

"아!"

네 사람은 정숙의 설명에 그제야 이곳 사장님이 무엇 때문에 자신들에게 음료수를 서비스로 주는지 깨달았다.

"사장님, 잘 먹겠습니다."

"감사히 먹겠습니다."

미경, 미진 그리고 지웅과 성웅들은 한쪽에서 드라마를

보고 있는 조윤희를 보며 감사 인사를 하였다.

그런 손님들의 인사에 조윤희는 살짝 고개를 숙여 보이는 것으로 인사를 받았다는 반응을 끝으로 계속해서 드라마에 시선을 두었다.

＊　　　＊　　　＊

킹덤 엔터의 한 사무실에서는 많은 사람들이 늦은 시간에도 퇴근도 하지 않고 TV를 보고 있었다.

이들이 보고 있는 것은 문화 TV에서 방영하고 있는 수목 드라마 울프독이었다.

하지만 이들이 드라마 울프독을 시청하고 있는 것은 늦은 시각 야근을 하는 스트레스를 풀기 위해 잠시 드라마를 보는 것이 아니라, 이 드라마를 보는 것이 바로 이들이 하는 일이었다.

"역시 남윤미의 연기는 주연 여우라고 하기에는 조금 부족하군요."

홍보부 대리 이정웅은 울프독의 여자 주인공 남윤미의 연기를 보며 자신의 생각을 말했다.

"원래 남윤미야 얼굴 보고 뽑은 것이지, 누가 연기를 보고 뽑았겠어."

옆자리에 앉아서 드라마를 보고 있던 안기준 과장이 한마디 하였다.

"조용히 하고 계속 더 지켜봐!"

박명환 부장은 드라마가 시작되면서 등장하는 여주인공의 연기에 대해 떠드는 두 사람에게 한소리 하였다.

"다른 사람 연기 볼 생각 하지 말고 정수현 연기나 어떤지 분석을 해!"

킹덤 엔터에서는 문화 TV에서 방영하는 수목 드라마 울프독에 정수현 한 명만을 투입했다.

어차피 수현이 맡은 역할 말고는 이번 드라마에서 제대로 된 배역은 모두 메인 스폰서인 MJ엔터에서 가져갔기에 어쩔 도리가 없었다.

그렇다고 킹덤 엔터의 소속 연기자들을 겨우 엑스트라보다 몇 장면 더 나오는 단역에 투입하기는 억울해 그냥 다른 배역은 포기를 한 것이다.

"네!"

"알겠습니다."

부장의 한소리에 기가 죽은 두 사람은 얼른 대답을 하고 눈을 부릅뜨고 화면을 주시했다.

장면이 바뀌고 주차장 격투 신이 송출이 되었다.

"음!"

누구의 입에서 나온 것인지 모르겠지만, TV 화면을 주시하던 이들 중 누군가가 수현이 맡은 첸이란 인물이 등장을 하자마자 짧게 신음성을 토했다.

퍽! 퍽!

스피커에서 효과음이 나오고, 화면 속 경호원인 수현이 조폭 역할을 하는 이들과 격투를 하는 장면이 나왔다.

"아!"

화면을 주시하던 이들은 수현의 연기를 보면서 저도 모르게 감탄성을 질렀다.

한국어 대사는 하나도 없었지만, 화면 밑에 한글로 자막이 나가기에 드라마를 보는 사람들이 수현이 하는 대사를 모두 알아들을 것이다.

하지만 수현의 연기를 살피는 이들에게는 그런 것은 눈에 들어오지 않았다.

이들이 보는 것은 수현이 연기를 하는 것이 어색한 점은 없는지, 부족한 것은 어떤 것이 있는지 모니터를 하는 것이다.

그래서 부족한 부분이 눈에 띄면 그것을 체크하였다가 나중에 보충을 해주는 역할을 하면 된다.

그런데 전문가인 이들의 눈에 이제 겨우 첫 드라마 데뷔를 하는 수현의 연기가 전혀 어색하지 않았다.

마치 화면 속에 있는 첸이란 인물이 실존 인물인 것 같은 느낌을 받은 것이다.

조금 전, 여주인공인 남윤미의 연기에 대해 비평을 하던 이정웅 대리나 안기준 과장은 수현의 연기를 보면서 속으로 깜짝 놀랐다.

그리고 그건 부장인 박명환 또한 마찬가지였다.

드라마에 출연을 하는 조연급 이상의 배우들은 모두 상당한 연기 공부를 한 이들이다.

하지만 수현은 그들에 비해 연기를 접한 시기도 한참이나 늦었고, 또 연기를 배운 것도 몇 달 되지 않았다.

그 말은 수현이 연기에 대해 초보란 말이었다.

그런데 지금 TV 화면을 통해 보이는 모습은 절대 초보의 연기가 아니었다.

그 때문에 이를 지켜보고 있는 킹덤 엔터의 홍보부 직원들은 모두 놀랐다.

아이돌 가수야 얼굴 잘생기면 끝이다.

적당한 노래 실력과 모나지 않을 정도의 춤 실력만 있으며 인기를 얻는 것은 너무도 쉬웠다.

하지만 연기는 그렇지 않았다.

내가 아닌 다른 사람이 되어 그 사람처럼 생각하고 행동을 해야 한다.

더욱이 이는 자신이 평가를 하는 것이 아니라 모니터 밖에 있는 타인이 그 연기에 대해 평가를 한다.

그러니 연기란 단시간에 배울 수 있는 것이 아닌 것이다.

물론 그렇다고 연기에 비해 노래가 쉽다는 말은 아니다.

노래 또한 깊게 파고들면 이 또한 어려운 분야이기는 하다.

하지만 수현은 가수가 아니라 아이돌이다.

많은 사람들이 가수와 아이돌을 동일 선상에서 보고 혼동을 하는데, 이 둘은 절대 같을 수 없다.

가수란 목소리만으로 타인에게 그 노래의 감성을 전달을 한다.

하지만 아이돌 가수는 거기에 비주얼이란 것도 포함이 된다.

어떻게 보면 아이돌 가수가 더 힘든 것이 아닌가 하는 의문이 들게 할 수도 있지만, 아이돌은 보여지는 것에 더 비중을 두고 있어 조금 노래를 못하더라도 외모가 출중하다면 그건 문제가 되지 않는다.

그러니 기획사 입장에서는 한 명의 가수를 양성하는 것보다 아이돌을 키우는 것이 훨씬 쉽고, 또 아이돌은 멤버 숫자에 제한을 두지 않기에 상업적인 입장에서 가수보단 아이돌을 키우는 것이 보다 경제적이다.

말로는 멤버 간 부족한 부분을 서로 보충을 해주면서 하나의 목소리를 완성한다고 포장을 하지만, 엄밀히 따져 보면 가수로서 부족한 이들을 모아 가수처럼 보이게 만든 것뿐이다.

이것이 킹덤 엔터의 홍보부장인 박명환 부장이 생각하는

아이돌이다.

그래서 아이돌이 성공하는 데 자신들의 힘이 절대적으로 필요하다 생각하고 있었다.

처음 이재명 사장이 자신을 불러 로열 가드의 리더인 수현을 드라마에 투입을 하는 것을 물었을 때 박명환은 회사 입장에서 아주 좋은 선택이라 적극적으로 찬성을 했다.

소속 가수나 연기자들을 성공적으로 데뷔를 시키고 또 그 가치를 높이는 데 중점을 두는 파트의 장으로서 소속 연예인이 활동 분야를 넓혀가는 것은 그의 입장에서 너무도 좋은 일이었다.

그만큼 포장을 할 수 있는 조건들이 많아지는 것이기 때문이다.

그런데 단순하게 생각했던 것과 다르게 지금 보는 수현의 연기는 절대 초보가 아니었다.

아니, 초보이기는커녕 여자 주인공인 남윤미보다 더, 아니, 남자 주인공인 이기준보다 더한 흡입력을 보이고 있었다.

"수현의 연기가 저 정도였습니까? 남윤미, 아니 남자 주인공인 이기준이보다 더 나은 것 같은데요."

이정웅 대리는 조금 전 조용히 모니터를 하라는 박명환 부장의 주의도 잊고 자신의 생각을 떠들었다.

그리고 말을 하는 이정웅 대리 말고도 TV를 보고 있던 다른 사람도 같은 생각인지 말은 하지 않았지만 그의 말에 고개를 끄덕이며 동조를 하였다.

"대박입니다."

원래 경호원 출신이라 무술 실력이 뛰어난 것은 알고 있었다.

하지만 저렇게 제대로 된 연기를 할 줄은 상상도 못했다.

'저걸 잘만 포장을 하면 대박을 칠 수도 있을 것 같은데 말이지…….'

박명환은 수현의 연기를 보면서 머리를 굴리기 시작했다.

* * *

기사단장, 여심을 잡다.

20XX. 04. XX 22:50

작년 9월, 혜성처럼 등장한 남성 아이돌 그룹이 있다.

그들은 아시아의 여왕 최유진의 버프를 받아 일약 스타로 뛰어올랐다.

하지만 단순히 월드스타 최유진의 버프만으로 스타가 되었다고 하기에는 이들을 너무 폄하하는 평가라 할 수 있다.

우선 로열 가드는 파워풀한 댄스와 감미로운 보이스로 가요계 어느 장르를 하더라도 충분히 소화를 할 수 있는 역량을 가지고 있으며, 특히 리더 정수현은 로열 가드로 데뷔를 하기 전부터 모델계에서는 떠오르는 신예로 이미 스타가 되는 것을 예약하고 있었다.

(중략) 성공적인 컴백에 이은 리더 정수현의 드라마 데뷔를 두고 자칫 성공가도를 달리고 있는 로열 가드의 명성에 금이 가는 것은 아닌가 우려의 목소리가 많았다.

아이돌로 성공을 거둔 스타 중 연기에까지 성공을 거둔 아이돌 스타는 손에 꼽을 정도로 적다. 하지만 그런 팬들의 우려와 달리 정수현의 행보는 거침이 없었다.

문화 TV 수목 드라마 울프독에서 여주인공인 리링의 보디가드인 첸 역을 수행하고 있는 정수현은 처음 연기 도전이라고는 믿기지 않을 정도로 완벽한 연기를 보이면서 남녀 주인공의 로맨스 외에도 또 다른 볼거리를 제공하였다.

더욱이 드라마 울프독의 관계자들의 말을 빌리면, 정수현은 연기를 위해 가장 먼저 촬영장에 오는 것은 물론이고, 자신의 배역인 첸이 되기 위해… 정수현은 극 중 전혀 한국어 대사를 한마디도 하지 않는데, 이는 첸이 중국인으로 어려서부터 무술을 수련한 인물로서 한 번도 외국어를 배운 적이 없는 인물… 중국어 전문가들도 정수현의 중국어는 현지인이라 해도 될 정도로 완벽한 중국어라 칭찬을 하였다.

이처럼 중국어에 능통한 정수현의 외국어 실력이 어느 정도인지 조사를 하기 위해 본 기자가 그의 소속사인 킹덤 엔터에 들려

알아본 바로는, 정수현의 외국어 실력은 기본적인 영어를 비롯, 드라마에서 확인을 한 것처럼 중국어도 현지인 수준으로 정통해 있으며, 그 외에도 학창 시절 배웠던 불어는 물론이고, 일본어, 태국어 등 동남아 국가 언어와 스페인어와 이탈리아어까지 10여 개국의 언어를 능숙하게 한다고 한다.

…앞으로도 정수현의 행보가 기대된다.

캐리 : 헐! 기자야 정말로 정수현이 알고 있는 외국어가 10개가 넘는다는 것이 사실이냐?

└ 김선우 : 10개국어를 할 수 있는지는 모르겠지만, 외국 공연 때 그 나라 말로 인사를 하는 것은 확인되었음.

└ 심명뇌 : 그거 다 회사에서 연습시키고 하는 것임. 외국어는 x뿔 x도 모름, 정수현 고졸임.

└ 수현마눌 : 고졸이면 외국어 못하는 것인가요? 가정 형편 때문에 대학 포기하고 군대 일찍 간 거라고 기사가 난 지가 언제인데, 그리고 우리 단장님 정말로 외국어 잘해요.

└ 내가수현마누라 : 마자! 마자! 내 남편은 외국어 겁나 잘함.

└ 심명뇌 : 정수현 겁나 빠네! 뉘들은 우선 맞춤법이나 익히고 와라!

└ 김선우 : ↑심명뇌 당신이나 먼저 익히고 남 지적하세요.

볼빨간오춘기 : 그나저나 정수현 연기 잘한다. 아이돌이라고 그냥 시청률 때문에 넣은 줄 알았는데, 노래뿐만 아니라 연기도 졸 잘하네!

ㄴ 수현마눌 : 감사합니다. 제 남편 더 많이 사랑해 주세요.

＊   ＊   ＊

다다다닥!

오윤호는 자신의 노트북 앞에서 자판을 치며 댓글을 달고 있었다.

"뭐 하냐?"

"응, 수현이 형 기사 나서 그거 댓글 좀 달고 있다."

한참 수현의 기사에 댓글을 달고 있을 때, 방에 들어온 친구 성민의 물음에 윤호는 뒤도 돌아보지 않고 대답을 하였다.

"어! 큭, 네가 수현 형님 마눌이었냐?"

"응?"

윤호는 수현을 비방하는 심명뇌라는 닉네임을 쓰는 사람의 글에 댓글을 달고 있는데, 비웃는 듯한 성민의 목소리에 하던 것을 멈추고 고개를 돌려 그를 쳐다보았다.

"크크크! 정수 형! 정수 형!"

자신을 쳐다보는 윤호를 뒤로하고 성민은 큰 소리로 박정수를 찾았다.

"왜? 왜 불러!"

거실에서 TV를 보고 있던 박정수는 성민의 부름에 심드렁한 표정으로 물었다.

그런 박정수를 보며 성민은 조금 전 자신이 본 윤호의 인터넷 닉네임에 대해 이야기하였다.

"아, 글쎄, 윤호가 조금 전에 수현이 형 기사에 댓글을 달고 있는데요."

"그게 뭐?"

별거 아닌 듯한 성민의 이야기에 관심을 끄고 다시 TV에 시선을 돌리며 말했다.

그런 정수의 반응에 성민은 급하게 자신이 하려던 말을 하였다.

"그게… 윤호 닉네임이 수현마눌이에요."

윤호를 놀리기 위해 일부러 큰 소리로 박정수를 불렀지만 사실 정수에게만 하려던 말이 아니라 숙소에서 쉬고 있는 다른 멤버들에게도 알리기 위해 일부러 큰 소리로 외친 것이다.

덜컹!

"어? 수현마눌이란 닉네임이 윤호 것이었어?"

갑자기 다른 방에서 문이 열리며 조원이 거실로 나오며

물었다.

"응, 내가 방금 전에 확인했다."

"헐!"

조원은 다시 자신의 방으로 들어가서 자신의 노트북을 가지고 윤호가 있는 방으로 가며 소리쳤다.

"반갑다. 동지!"

"응? 동지라니, 무슨 소리냐?"

윤호를 놀리고 있던 성민은 갑자기 조원이 윤호를 보며 동지라 말하는 것에 고개를 갸웃거리며 쳐다보았다.

"내가 바로 내가수현마누라다."

"앵! 내가수현마누라가 너였어?"

윤호와 조원은 서로를 보며 놀라워하였다.

수현의 기사에 악플을 달고 있는 심명뇌란 사람의 댓글에 사실을 근거로 반박을 하고 있었는데, 아주 가까운 곳에 자신과 비슷한 말을 하는 동지가 있어 기분이 좋았다.

그런데 알고 보니 그 사람이 자신과 같은 멤버였다는 사실을 알게 되자 놀랐다.

더욱이 조금은 이상하게 생각할 수도 있는 닉네임들이지 않은가? 하지만 이는 윤호나 조원, 둘 모두 나름의 생각 끝에 이렇게 닉네임을 만든 것이다.

저렇게 수현마눌이나 내가수현마누라라는 닉네임을 쓰면 누구나 그 닉네임을 쓰는 사람이 남자라고 생각하지 않을 것이라 생각했기 때문이다.

윤호는 자신과 비슷한 생각을 한 조원을 보며 갑자기 동지 의식이 생기며 어깨동무를 하였다.

그리고 그건 조원 또한 마찬가지다.

비록 두 사람은 나이트 R과 나이트 G로 유닛이 달랐지만 로열 가드라는 그룹으로 묶여 있다는 동질감을 느끼는 중이었다.

띠리릭!

덜컹!

윤호와 조원이 서로 동질감을 느끼며 우의를 다지고 있을 때, 숙소의 현관문이 열리며 누군가 들어왔다.

"형, 다녀오셨어요."

"다녀오셨습니까?"

"어, 그래. 그런데 뭐 하는데 이렇게 분위기가 어수선하냐?"

수현은 촬영을 마치고 숙소로 돌아왔는데, 숙소 분위기가 어수선하자 어깨동무를 하고 있는 윤호와 조원을 쳐다보며 물었다.

"아냐! 우리는 잘못한 것 없어!"

"정말이에요. 우린 잘못 없어요. 그냥 같은 생각을 하고 있는 동지를 만나 우의를 다지고 있었을 뿐이에요."

조원과 윤호는 누가 먼저라고 할 것도 없이 변명을 하

였다.

그런 두 사람의 반응에 수현은 더욱 의심의 눈초리를 거두지 않고 박정수에게 물었다.

"저 두 사람 말, 정말이냐?"

수현의 질문을 받은 정수는 어깨를 으쓱 한 번 하고는 대답을 하였다.

"뭐, 잘못한 것은 없어요. 그냥 어처구니없어서 보고 있었을 뿐입니다."

"그래? 뭐, 그럼 됐다."

부스럭!

수현은 정수의 대답에 고개를 끄덕이고 신발을 벗고 자신의 방으로 향했다.

띠리릭!

덜컹!

수현이 방으로 들어가고 다시 현관의 문이 열렸다.

"수현아! 내일 9시까지 인천공항에 가야 하니 여권하고 옷가지 챙기고 일찍 자라!"

막 방에서 나오던 수현을 본 전창걸이 수현에게 내일 일정을 말했다.

"네, 알고 있습니다."

"그래, 뭐 수현이야 내가 걱정할 것 없고, 아! 맞다."

전창걸은 이야기를 하다 말고 뭔가 생각이 났는지 수현에게 축하 인사를 하였다.

"오늘 시청률 30% 찍었더라! 축하한다."

"와! 대박!"

"그러게, 대박!"

전창걸이 오늘 방영한 울프독의 시청률이 최고점 30%를 넘었다는 이야기를 하자 여기저기서 놀라운 감탄성이 터져 나왔다.

그도 그럴 것이 예전에야 컴퓨터도 별로 없고, 케이블TV 등도 없어 공중파 방송에서 하는 드라마의 시청률이 높게 나왔지만, 요즘에 와선 시청률 20%만 찍어도 대박이라고 할 정도로 드라마의 시청률은 갈수록 떨어지고 있었다.

그런데 수현이 출연하는 울프독이 그런 추세를 거스르고 최고 시청률 30% 고지를 찍은 것이다.

처음 연기에 도전을 하고 있는 수현이기에 킹덤 엔터에서 는 시청률에 무척이나 신경을 쓰고 있었다.

울프독의 첫 방영 때부터 수현이 본격적으로 출연을 하는 3화 이후로는 단 한 차례도 넘기지 않고 배우지원팀은 물론이고, 홍보부까지 총출동하여 수현의 이번 연기 도전에 케어를 해주었다.

그런데 고무적이게도 오늘 수현이 등장하는 장면에서 시청률이 최고점을 찍었다.

처음 울프독의 제작이 발표되었을 때만 해도 정수현에 대한 기대치는 무척이나 낮았다.

그저 최고의 연출 중 한 명인 김지민과 최고의 드라마 히트 작가인 한지훈이 만났으니 뭔가 있을 것이라는 기대감과 남녀 주인공이 영화와 드라마에서 이름을 알린 이기준과 남윤미였기에 못해도 중박 정도는 예상하고 있었다.

그런데 드라마는 회를 계속할수록 사람들의 예상과 다르게 진행이 되었다.

물론 그 말이 안 좋은 쪽으로의 진행이 아닌, 전혀 예상하지 못했던 곳에서 반전이 있었다.

아이돌 출신의 수현이 기성 연기자들 못지않은 연기를 보이고, 또 액션 신에서 예상을 뛰어넘는 완성도 높은 연기를 보여주었기 때문이다.

그러다 보니 울프독의 시청률은 점점 늘어나다 오늘 지하 주차장 격투 신에서 최고 시청률을 갱신한 것이다.

드라마 시청률이 30%나 넘어가게 된 것은 8년만이었다.

아마 내일이면 이런 기사가 인터넷에 메인으로 뜰 것이다.

그렇게 된다면 울프독의 남녀 주인공의 명성도 크게 오를 것이지만, 조연으로 출연을 하는 수현의 이름은 더욱 높아질 것이 분명했다.

남녀 주인공인 이기준과 남윤미가 나오기는 했지만, 가장 시청률이 나왔던 장면이 수현이 메인으로 하는 격투 신이었

스타라이트

기 때문이다.

　이미 3화에서 완벽한 중국어로 시청자들의 관심을 모았던 수현이 격투 신을 하면서 완벽한 모습을 보였기에 오늘 방영된 내용만 보면 수현이 주연이었다.

　그러니 당연 수현의 이름이 아마 가장 많이 거론되지 않을까 하는 생각을 하는 킹덤 엔터 관계자들이다.

스타일이트

Chapter 5
런인맨

STV 예능국 런인맨 제작 회의실.

런인맨은 STV에서 일요일 오후 예능으로 밀고 있는 간판 프로그램이다.

하지만 STV에서 런인맨이 방영하는 비슷한 시간대에는 KTV에서 방영되는 1박 투어가 있다.

두 프로그램 모두 스튜디오가 아닌 야외에서 하는 버라이어티라는 점이 비슷했다.

그런데 런인맨의 시청률이 KTV의 1박 투어에 살짝 못 미치고 있었다.

그 때문에 런인맨 제작진은 라이벌 1박 투어의 시청률에 무척이나 신경을 쓰고 있다.

처음 1박 투어가 대한민국 3대 국민 MC 중 1인인 강호범을 메인 MC로 발탁을 하자, 이에 뒤질세라 STV에서는 또 다른 국민 MC 유재성을 내세워 맞불을 놓았다.

그렇지만 결과는 1박 투어의 약간이나마 우세로 결론이 났다.

그 때문에 런인맨 제작진은 1박 투어를 이기기 위해 열심히 제작 회의를 하는 중이다.

"저번 주 시청률 봤지!"

책임 프로듀서인 남승용은 미간을 찡그리며 PD 정철민을 보았다.

"어떻게 된 것이 시청률이 갈수록 떨어지나?"

"죄송합니다."

정철민은 남승용의 질책에 고개를 숙이며 잘못을 빌었다.

예전에는 라이벌 프로그램인 1박 투어에 국민 MC 강호범이 있었기에 그렇다고 변명이라도 할 수 있었지만, 현재 강호범이 세금과 관련해 물의를 빚고 1박 투어에서 하차를 한 상태다.

더욱이 강호범이 1박 투어에서 하차를 하자, 그와 친했던 가수 박지원과 개그맨이자 국민 운전수란 별명을 얻은 이근수도 따라서 하차를 하였다.

그뿐만이 아니다. 국민 동생이라 불리던 허당 이순기도

가수 활동을 이유로 하차를 함으로써 1박 투어의 핵심 멤버 여섯 명 중 네 명이 자의 반, 타의 반으로 하차를 하면서 기존 멤버 두 명과 새로운 멤버 네 명을 투입하여 새로운 시즌에 들어갔다.

이렇게 봤을 때, 객관적으로 무게감이 메인 MC와 멤버 대부분이 교체가 된 1박 투어보단 기존 출연자들이 그대로 가고 있는 런인맨이 우세해야 함에도 불구하고, 시청률은 그렇지 못했다.

1박 투어야 MC와 멤버의 교체로 시청률 침체가 당연히 예상이 되었지만, 런인맨의 동반 시청률 하락은 아무도 예상하지 못하였다.

"지금 누가 죄송하다는 말 듣고 싶다고 했나? 어떻게 하면 시청률도 올리고 또 1박 투어도 이길 수 있는지 그 방안을 말해보라는 것 아닌가."

잘못을 사과하는 정철민 PD를 보며 남승용 CP는 더욱 인상을 찡그렸다.

사실 그가 이렇게 화를 내는 것은 바로 KTV의 1박 투어의 책임 프로듀서인 김호상이 바로 대학 동창이었기 때문이다.

학창 시절부터 라이벌이었던 두 사람은 방송국 입사에서도 피 튀기는 눈치 싸움을 하였다.

방송국 입사에 먼저 승기를 잡은 것은 KTV에 입사를

한 김호상이었다.

그 후로도 남승용 CP는 단 한 차례도 김호상을 이겨보지 못했다.

시청률에서나 맡은 프로그램의 인지도에서도 언제나 한 끗발 낮았다.

이 때문에 절치부심하여 1박 투어가 메인 MC와 주요 멤버들이 대거 교체가 되었을 때, 드디어 자신이 라이벌인 김호상을 이길 절호의 찬스라 생각을 했다.

하지만 결과는 바뀌지 않았다. 멤버가 대거 교체가 되었음에도 시청률에서는 자신이 맡은 런인맨이 1박 투어보다 살짝 낮았다.

"안 되겠어!"

"네?"

남승용은 그냥 김호상 PD에 맡겨두었다가는 가망이 없다고 생각해 자신이 직접 나서기로 결심을 했다.

"요즘 가장 핫한 애가 누구야!"

회의에 참석하고 있는 이들에게 시선을 돌린 남승용이 소리쳤다.

런인맨의 방송 포맷은 메인 MC 유재성을 필두로 고정 출연자 일곱 명, 그리고 매주 남녀 게스트 두 명을 초대하여 게임을 하는 방식이다.

그러니 남승용은 초대 게스트 두 명을 요즘 가장 인기 있는 이들을 섭외하겠다는 생각이었다.

"요즘 잘나가는 스타라면……."

CP의 질문에 제작진은 궁리를 하기 시작했다.

그리고 이들의 머릿속에 많은 스타들이 스치고 지나갔다.

STV에서 제작하는 프로그램에 출연하는 많은 연예인들이 생각이 났지만 딱 이 사람이다 하는 스타는 쉽게 떠오르지 않았다.

"아!"

남승용 CP의 질문에 궁리를 하느라 회의실에 침묵이 흐르던 중 누군가 짧은 탄성을 질렀다. 그러자 제작진을 비롯한 질문을 했던 남승용 CP까지 모두 소리가 난 쪽을 쳐다보았다.

탄성을 지른 사람은 다름 아닌 런인맨의 작가 중 한 명이었다.

자신을 향해 모든 사람들의 시선이 쏠리자 그녀는 잠시 당황하여 고개를 숙였다.

"김 작가! 무엇 때문에 그런 건지 말해봐요."

남승용은 무엇 때문에 그런 소리를 질렀는지 물었다.

그러자 지적을 받은 김은미 작가는 조심스럽게 대답을 하였다.

"그게… 요즘 가장 잘나가는 스타를 말해보라고 하셔서 생각해 보았는데, 문득 한 사람이 떠올라서……."

김은미 작가는 대답을 하면서도 뭐가 그리 불안한지 말끝을 흐렸다.

하지만 김은미 작가의 대답을 들은 남승용은 그녀의 대답에 흥미를 보였다.

"그래요? 그게 누굽니까?"

자신의 대답에 관심을 보이는 남승용 CP의 말에 김은미는 순간 대답을 해야 할지, 아니면 그냥 넘겨야 하는 것인지 망설여졌다.

아무리 예전과 다르게 연예인들의 방송 활동이 영역을 두지 않고 이 방송국, 저 방송국 다 다닌다 해도, 현재 타 방송국에서 방영하는 드라마에 출연하는 스타를 언급한다는 것이 방송국에 소속된 작가로서 언급을 해도 되는지 걱정이 된 것이다.

"그게⋯⋯."

"누가 뭐라고 할 사람 없으니 그냥 속 시원하게 말해봐요. 누굽니까?"

남승용은 자꾸만 머뭇거리는 김은미의 모습에 답답한지 소리쳤다.

그런 남승용의 모습에 김은미는 얼른 대답을 하였다.

"네, 킹덤 엔터의 정수현이 어떤가 떠올려 봤습니다."

대답을 하면서도 김은미는 뒤에 들려올 질책이 두려워 눈을 꼭 감았다.

그런 그녀의 모습은 아랑곳하지 않고 그녀의 대답을 들은 남승용의 눈이 커졌다.

"킹덤 엔터의 정수현? 정수현이 누구지?"

남승용은 김은미가 정수현이란 이름을 언급하자 쉽게 정수현이 누구인지 떠오르지 않아 중얼거렸다.

그런 남승용의 모습에 정철민 PD가 대답을 하였다.

"아이돌 가수입니다."

"아이돌?"

"예, 작년 9월에 데뷔를 한 킹덤 엔터 소속 아이돌 로열가드의 리더 수현을 말하는 것입니다."

남승용은 정철민 PD가 설명을 하자 고개를 끄덕였다.

"아! 로열 가드! 그런데 걔들 올초에 컴백하지 않았나?"

예능국 CP다 보니 그도 로열 가드에 대해선 어느 정도 알고 있었다.

로열 가드는 그가 알기로 올 2월에 컴백을 했다.

지금이 5월이니 로열 가드는 이제 휴식기로 접어들 때였다.

시기적으로 맞지가 않아 고개를 갸웃거렸다.

"이제 활동을 접고 휴식기에 접어들 애들이 핫하다니, 그건 또 무슨 말이야?"

남승용은 자신이 알고 있는 상식으로는 잘 이해가 가지 않아 물었다.

"그게, 로열 가드는 휴식기에 들어갔지만, 방금 전 김 작가가 언급한 정수현은 드라마로 한창 주가가 올라가고 있습니다."

"그래? 아이돌이 연기를 한다는 말인가?"

"예!"

"그런데 왜 난 한 번도 듣지를 못했지?"

수현이 드라마에 출연을 하여, 인기를 얻고 있다는 정철민의 대답에 남승용은 의아한 표정으로 물었다.

그가 비록 예능국 CP이기는 하지만 드라마국의 CP나 PD를 모르는 것도 아니다.

그런데 그들 중 어느 누구도 정수현과 함께 일을 하고 있는 이들은 없었다.

"그게 저희 방송국 드라마가 아니라 타 방송……."

"뭐! 지금 무슨 소리 하는 거야!"

남승용은 대답을 듣다 말고 고함을 질렀다.

다른 방송국에서 방영하는 드라마에 출연하는 연예인을 자신의 프로그램에 출연을 시키자고 언급을 했다는 것에 어처구니가 없었다.

아무리 시대가 바뀌었다고 하지만 자신이 맡은 프로그램이 어떤 프로그램인가. 다른 것도 아니고 STV의 일요일 간판 예능이다.

그런 프로그램에 타 방송에 출연하고 있는 연기자를 출연

섭외를 하자니, 이게 말이나 되는 소린가. 만에 하나 자신이 그렇게 한다고 해도 위에서 어떻게 생각할지 빤했다.

"안 돼!"

남승용은 단호하게 수현을 섭외하는 것에 제동을 걸었다,

그러자 정철민 PD는 무슨 생각에서인지 조금 전과는 다르게 남승용을 설득하기 위해 변명을 하기 시작했다.

"선배님! 그렇게만 생각하시지 마시고 제 설명을 들어보십시오."

처음 수현을 언급한 것은 김은미 작가였지만, 이야기를 듣고 있던 중 정철민 PD는 머릿속을 스치는 아이디어가 있었다.

"뭔 소리를 들어보라는 것이야!"

남승용은 후배 정철민이 자신의 반대에서 자신을 설득하려고 하자 소리쳤다.

하지만 이에 굴하지 않고 정철민은 계속해서 남승용 CP를 설득했다.

"현재……."

수현이 현재 시청자들에게 어떻게 비치고 있는지 설명을 하고, 또 수현을 자신들의 프로그램에 출연을 시켰을 때 어떤 효과가 있고, 자신이 어떻게 방송을 찍을 것인지 설명을 하기 시작했다.

그런 정철민 PD의 설명이 길어질수록 이를 듣고 있는

남승용 CP는 물론이고 아이디어 회의에 참석을 했던 연출진들의 표정이 수시로 바뀌었다.

＊　　　＊　　　＊

"이게 말이 돼?!"

STV예능국 국장실에서 갑자기 고함 소리가 들렸다.

그 때문에 그 인근을 지나는 방송국 직원들은 순간 움찔했다.

"국장님, 어쩔 도리가 없습니다. 그렇다고 이대로 우리 STV의 간판 예능인 런인맨을 폐지할 수는 없지 않습니까?"

남승용은 예능국 국장이자 선배인 한상필에게 읍소를 하였다.

자신이 CP로 있는 런인맨의 시청률을 생각하면 자신이 총대를 메야 한다는 생각에 어금니를 악물고 굴욕을 참아가며 이번 기획안의 당위성을 역설했다.

그런 남승용의 모습에 화를 내던 한상필도 잠시 마음을 가라앉히며 남승용의 얼굴을 쳐다보았다.

"국장님께서도 아시지 않습니까? 요즘 대세가 로열 가드고, 로열 가드의 리더 수현이란 것 말입니다."

자신이야 밑에 있는 정철민 PD에게 들었기에 알게 되었고, 국장도 알고 있지 않냐며 들고 온 기획안을 앞으로 밀었다.

'아씨, 내가 로열 가드인지 수현인지 어떻게 알아!'

아무리 방송국 예능국 국장으로 있다고 하지만, 대한민국에 연예인이 한두 명인가. 어떻게 그 많은 인원을 다 알고 있단 말인가. 물론 월드 스타로 이름을 알린 이들이나, 국민 ○○이란 별명을 가진 몇몇 스타들이라면 그도 알고 있다.

하지만 하루에도 몇 개씩 생겼다가 사라지는 것이 아이돌이다.

아무리 로열 가드가 대단한 데뷔를 하고 인기를 가졌다고 해도 예능국 국장인 한상필에게 오래도록 기억에 남기란 쉬운 일이 아니다.

물론 데뷔 때 월드 스타 최유진이 피처링을 해주었고, 2월 컴백을 했을 당시에는 그도 기억하고 있었다.

하지만 그뿐이다. 벌써 활동을 마치고 휴식기에 들어간 아이돌 그룹을 기억할 정도로 한상필이 한가한 것이 아니기 때문이다.

방송국 국장 정도면 하는 업무가 한두 가지가 아니다.

그러니 지금 남승용이 하는 말을 그냥 그도 알고 있다는 듯 아무 소리 하지 않고 넘겼다.

"자세히 설명을 해봐! 아무리 이젠 경계가 무너졌다고는 하지만, 그래도 암묵적인 룰은 남아 있으니……."

"예, 그러니까 제 말은……."

남승용은 자신의 말이 어느 정도 먹히는 것 같은 판단이 서자, 제작 회의 때 나왔던 이야기를 늘어놓았다.

"그러니까 네 말은 요즘 화제가 되고 있는 문화 TV 드라마 주인공들을 섭외해서 써먹자는 말인가?"

"네, 그 말입니다. 비록 타 방송국 드라마지만 뭐 어떻습니까? 우리 프로가 살아야 하지 않겠습니까?"

남승용은 뻔뻔하게 안면에 철판을 깔고 말했다.

물론 그도 속으로는 얼굴이 화끈 달아오르지 않는 것은 아니다.

하지만 방금 전 한상필에게 말을 했던 것처럼 자신이 맡은 프로가 살아야 하기에 두 눈 꼭 감고 말을 한 것이다.

그런 남승용을 한참 주시하던 한상필은 우리 것 살리자고 하니 어쩔 수 없이 허락을 하였다.

"알았다. 네 말 믿고 결제는 한다만, 잘못되면 너 죽고 나 죽는 거다. 잘해라!"

한상필은 남승용이 가져온 기획안에 사인을 하며 마치 상처 입은 짐승이 으르렁거리듯 남승용에게 소리쳤다.

"알겠습니다. 절대 실망시키지 않겠습니다."

결제를 받은 남승용은 자리에서 일어나 허리를 숙이며 인사를 하고 잽싸게 국장실을 나갔다.

혹시나 국장인 한상필이 마음이 바뀌어 결제를 번복을 할까 싶었던 것이다.

* * *

대만 타이베이 다퉁구 닝샤 야시장.

대만 여행에 빠지지 않는 관광지 중 한 곳인 이곳에 오늘 많은 사람이 모여 있다.

대만인들도 좋아하는 한국의 예능 프로그램인 런인맨이 오늘 이곳 닝샤 야시장에서 촬영을 하기 때문이다.

사전 촬영 허가를 받아 문제는 없지만, 너무도 많은 사람들이 구경을 하러 나온 바람에 런인맨 촬영 스텝들은 모두 바짝 긴장을 하고 촬영에 임했다.

혹시나 안전사고가 나지 않을까 또는 뜻하지 않은 주변 소음으로 촬영에 지장은 받지 않을까 걱정을 하는 것이다.

이렇게 촬영 스텝들이 긴장한 상태에서 주변 통제를 하고 촬영 준비를 하고 있을 때, 촬영장 한쪽에서는 런인맨 출연자들이 모여 오늘 촬영에 대해 의논을 하고 있다.

"재성아!"

"네?"

"너 뭐 들은 것 없냐?"

런인맨의 맏형인 주석진이 메인 MC인 유재성을 보며 물었다.

매 촬영 때마다 이들은 MC인 재성에게 게스트에 대해 질문을 하였다.

하지만 MC인 재성도 정철민 PD에게 들은 것이 없어 아무것도 몰랐다.

"형, 오늘은 저도 누가 게스트로 초대되었는지 들은 것이 없어요."

재성은 실재로 들은 것이 없기에 그대로 이야기 하였다.

그런데 옆에서 듣고 있던 홍일점 성지효가 뭔가 알고 있다는 듯 말을 꺼냈다.

"우리가 대만에 온 것과 오늘 출연할 게스트가 뭔가 연관이 있을 것 같은데, 오빠들은 어떻게 생각하세요?"

런인맨이 해외 촬영을 한 것이 이번이 처음은 아니다.

그때마다 그곳과 연관이 있는 스타들이 게스트로 참여를 했었다.

성지효는 지금 그것을 언급하며 오늘 런인맨의 게스트로 참여할 연예인을 추리해 보는 것이다.

"맞아! 그럴 수 있겠다."

옆에서 이야기를 듣고 있던 하몽이 지효의 말을 받았다.

런인맨의 브레인 중 한 명인 하몽은 작은 키에 약삭빠른 행동으로 평균 이상의 승률을 가진 출연자였다.

"뭐? 그럼 우리 중국 스타와 함께 촬영하는 거야?"

기린이란 별명을 가지고 있는 이강수가 호들갑을 떨었다.

외모는 개그맨처럼 생겼지만, 그는 엄밀히 말해 배우였다.

하지만 런인맨에서 하는 행동을 보면 꾀돌이 하몽에게 당하고, 또 여성 멤버인 지효에게도 당하는 약한 모습을 보여주어 런인맨 팬들에게 상당한 인기 멤버 중 하나다.

"무슨 중국 스타가 우리 프로에 나오냐?"

가만히 옆에서 듣고 있던 김정국이 강수의 호들갑에 태클을 걸었다.

"왜 말이 안 돼? 전에 태국 갔을 때, 닉훈 나왔었잖아!"

"맞아! 내 말이 그 말이야! 그러니⋯⋯."

"아냐! 우리나라에 활동하는 대만 출신 연예인이 누가 있다고 나오냐?"

김정국은 하몽의 말에 그것 보라는 듯 자신을 향해 큰 얼굴을 들이미는 강수에게 자신의 생각을 말했다.

실제로 한국에서 활동하는 대만 출신 연예인 중 스타라고 할 정도의 인물이 없었기에 김정국이 강력하게 주장을 하자 하몽이나 강수도 더 이상 자신의 주장을 밀고 나갈 수 없었다.

"그럼 이번 주에는 게스트 없이 우리끼리만 촬영을 하는 건가?"

조용히 있던 지효가 작게 중얼거렸다.

"에이 모르겠다. 얼른 촬영이나 끝내고 울프독 촬영장이나 놀러 가야겠다."

게스트 이야기를 하다 도저히 누가 게스트로 나올지 상상이 되지 않은 재성은 자신의 머리를 헝클어뜨리다 작게 중얼거렸다.

"응? 형! 방금 뭐라고 했어?"

하몽은 유재성이 투덜거리던 말을 듣고 뭔가 생각이 난 것인지 질문을 하였다.

"응? 내가 뭐라고 했는데?"

유재성은 갑자기 물어오는 하몽의 질문에 눈을 동그랗게 뜨며 물었다.

"아니, 조금 전에 형이 뭐라고 했잖아!"

"아! 촬영 끝나고 울프독 촬영장 구경 간다고."

"울프독?"

"뭐? 울프독이 여기서 촬영해?"

재성이 문화 TV에서 방영하는 수목 드라마 울프독 촬영장에 놀러간다는 말을 하자 성지효와 하몽이 관심을 보였다.

"나, 나도! 같이 가!"

가만히 듣고 있던 강수도 자신도 데려가라며 소리쳤다.

"그런데 우리가 가면 민폐 아닐까?"

방금 전까지 좋아하던 성지효가 갑자기 난색을 하며 말을 하였다.

"어? 민, 민폐일까?"

자신은 그냥 친한 동생이 외국에서 드라마 촬영을 하는 것에 응원을 하기 위해 방문을 하려던 것인데, 성지효의 말에 주춤하였다.

아주 우연한 기회로 드라마 울프독에 조연으로 출연을 하는 수현과 인연을 맺은 재성이다.

작년 로열 가드로 데뷔를 하고 얼마 안 돼, 재성이 하는 예능에 출연을 했던 수현은 정말 보는 사람이 다 감탄을 할 정도로 몸을 아끼지 않고 정말 열심히 하였다.

재성이 메인으로 있는, 아니, 유재성을 국민 MC로 만든 예능 프로그램인 문화 TV의 간판 예능인 '무모한 도전—전철과 달리기편' 에 출연을 했던 수현은 당시 20전 전패를 하고 있던 무모한 도전팀에 최초로 1승을 가져다주었다.

그 때문에 유재성을 비롯한 무모한 도전팀 전원은 PD로부터 엄청난 보상을 받았다.

당시 무모한 도전 PD는 이들 무모한 도전 멤버들에게 만약 도전에서 승리를 할 경우 바로 퇴근과 함께 두 냥짜리 순금 메달을 주겠다고 약속을 했었다.

스타급 연예인인 무모한 도전 멤버들에게 두 냥이라는 순금 메달의 가격을 생각하면 별것도 아니다.

하지만 도전에 성공을 했다는 것을 증명하는 것이기에 당시 도전에 성공을 한 멤버들은 수현과 얼싸 안고 울었다.

무모한 도전을 하면서 멤버들은 주변에서 바보 소리를 들을 정도로 엄청난 굴욕을 매회 맛보고 있었다.

솔직히 무모한 도전이란 프로 자체가 말도 되지 않는 것을 가지고 경쟁을 하는 것인데, 일례로 포클레인과 무모한 도전 멤버 간의 누가 더 빨리 모래를 트럭에 빨리 담나와 같은 말도 되지 않는 대결을 하는 것이 바로 무모한 도전이란 프로다.

그런 도전에서 최초로 승리를 하였으니 그들의 감격이 어떻겠는가? 그 뒤로 무모한 도전 멤버들은 수현과 전화번호를 교환하며 친분을 맺었다.

유재성뿐만 아니라 하몽도 무모한 도전 멤버로, 그 또한 수현과 형 동생을 하는 사이가 되었다.

"형! 수현이 보고 싶다. 우리 촬영 끝나면 응원 가자!"

방금 전 성지효가 드라마 촬영에 방해가 되지 않을까 우려를 했음에도 불구하고 하몽은 오랜만에 수현의 이름을 듣다보니 수현이 보고 싶은 마음에 그렇게 말했다.

"그러자! 조심하면 되지 않겠어?"

유재성도 하몽까지 자신과 같은 생각을 한 것인지 이야기를 하자 고개를 끄덕이며 대답을 하였다.

"촬영 들어가겠습니다. 출연자들 모여주세요."

재성과 출연진들이 이야기를 하고 있는 곳에 언제 다가왔는지 FD가 다가와 소리쳤다.

"네, 알겠습니다. 가자!"

유재성은 FD의 말에 이야기를 정리하고 이들을 데리고
움직였다.

＊　　　　＊　　　　＊

"어? 수현이다."

"어! 왕의 광대에 나왔던 이기준이다."

"어, 어!"

처음 말한 사람은 조금 전 수현이 보고 싶다던 하몽이었
고, 뒤이어 이기준을 언급한 이는 런인맨의 홍일점 성지효
였다.

같은 배우로서 여자보다 더 예쁜 남자 배우라는 별칭을
가지고 있는 이기준을 바로 눈앞에서 실물로 보게 된 성지
효다 보니 자신도 모르게 목소리가 컸다.

그 때문에 주변에 있던 사람들의 시선을 한 몸에 받게 된
그녀는 얼굴이 붉어졌다.

"와! 옆에 남친 놔두고 바람피우는 거야?"

잠자고 뒤를 따라오고 있던 강수가 이때다 싶었는지, 옆
에 있는 캐리를 보며 소리쳤다.

성지효와 캐리는 사실 실제 연인이 아니라 런인맨 안에서

연인 설정으로 활약을 하는 사이다.

그것을 두고 강수가 성지효를 놀리는 것이다.

퍽!

성지효는 이강수의 놀림에 자신도 모르게 주먹으로 이강수의 옆구리를 주먹으로 때렸다.

"악! 누나, 왜 때려!"

누가 봐도 그 정도로 아프게 때린 것 같지 않음에도 이강수는 요란하게 엄살을 부렸다.

사실 이것은 모두 설정으로, 런인맨이 본격 촬영에 들어간 것은 아니지만 촬영 전 오프닝 장면을 녹화하기에 하는 행동이다.

"수현아! 오랜만이다."

이강수와 성지효가 쇼를 하고 있을 때, 유재성과 하몽은 수현에게 다가가 안부를 물었다.

"재성 형님! 안녕하셨어요?"

"야! 형 섭섭하게 재성 형만 찾냐!"

"하하, 죄송해요. 그래도 일단 재성 형부터 챙겨야죠. 국민 MC인데."

"억!"

하몽은 수현의 말에 자신의 가슴을 부여잡으며 쓰러지는 척을 하였다.

"이런, 동생에게 배신을 당하다니…….."

마치 드라마의 한 장면처럼 하몽이 수현을 보며 원망이 가득한 눈빛을 보냈다.

"야야! 하나도 안 똑같다."

사실 방금 전 하몽이 행동은 드라마 울프독에서 주인공인 이수혁이 국정원 요원에게 배신을 당하는 장면을 흉내를 낸 것이다.

"자, 모여보세요."

이들이 게스트와 인사를 하고 있을 때, 정철민 PD가 소리쳤다.

런인맨의 PD인 정철민이 부르기에 이들은 인사를 나누던 것을 중단하고 정철민 PD 앞으로 모였다.

"모두 인사를 나누셨나요? 오늘 런인맨의 게스트는 드라마 울프독의 메인이신 이수혁 역의 이기준 씨와 여주인공인 리링 역의 남윤미 씨, 그리고 드라마 울프독의 카리스마 넘치는 보디가드 첸을 열연하시고 계신 정수현 씨입니다. 정수현 씨는 모두 잘 알고 계시죠? 대한민국 탑 아이돌 그룹 로열 가드의 리더이자 기사단장이란 별칭으로 더 잘 알려진 능력자!"

정철민 PD는 오늘의 게스트인 울프독 출연자 세 명을 소개를 하면서도 메인인 남녀 주인공보다 조연인 수현을 더욱 장황하게 설명을 하였다.

그리고 이 장면은 카메라에 고스란히 담기고 있었다.

사실 런인맨은 따로 촬영에 들어가는 '큐' 싸인을 하지 않고 자연스럽게 촬영을 하는 것으로 유명했다.

그 때문에 가끔 데뷔한 지 얼마 되지 않은 신인이나 예능이 처음인 사람들은 당황하였는데, 이런 것을 그대로 리얼하게 방영하는 것이 런인맨의 재미였다.

* * *

"첫 번째 미션은 제한 시간 내에 저희가 요구하는 것들을 가져오는 것입니다."

정철민 PD는 출연자들을 보며 이들이 해야 하는 미션에 대한 설명을 하였다.

"미션에 들어가기 전 우선 팀을 짜야 하겠지요."

"뭐야, 이건 팀 게임인 거야?"

레퍼 캐리가 정철민 PD의 설명을 듣고 물었다.

"이거, 능력자 김정국이 형이 있는 팀에 너무 유리한 것 아니야?!"

잠자코 듣고 있던 이가수도 덩달아 투덜거렸다.

"원래 우리 룰이 그런 것 아닙니까? 불리하다 싶으면 다른 팀과 연합을 하셔도 되고, 또 ……."

정철민은 설명을 하다 말고 뒷말을 흐렸다.

"어? 설마 이 게임도 스파이가 있는 것 아냐?"

꾀돌이 하몽이 말꼬리를 흐리는 정철민 PD의 말에 의심을 하기 시작했다.

그리고 다른 런인맨 고정 출연자들도 한목소리로 떠들기 시작했다.

실제로 런인맨은 종종 게임에 스파이는 투입하여 반전을 꾀했던 적이 한두 번이 아니다.

정상적으로 게임에 우승을 했어도 스파이를 찾아내지 못하면 우승자의 향방이 바뀌거나, 아니면 우승자의 보상보다 더 큰 보상을 스파이가 가져가는 경우도 있었다.

그러니 이번에도 그런 것이 아닌가 의심을 하는 것이다.

"그건 여러분이 알아내시면 되는 것이고, 우선 여기 제비가 있으니 뽑아주시기 바랍니다."

언제 가져다 두었는지 한쪽에 테이블과 곱게 접힌 제비 뭉치가 들어 있는 통이 놓여 있었다.

"우리가 지금 11명인데 어떻게 편을 나눈다는 겁니까?"

메인 MC인 유재성이 정철민 PD를 보며 물었다.

"네, 총원이 11명인 관계로 총 세 팀으로 나눌 것입니다. 이 중 두 팀은 네 명, 그리고 남은 한 팀은 세 명이 한 팀을 이루어 게임을 진행할 것입니다."

"아, 뭐야! 그러다 정국이 형하고 캐리가 한 팀으로 가게 되면 남은 팀은 연합을 해도 힘들잖아!"

"맞아! 맞아! 그렇게 되면 어떻게 할 거야!"

정철민 PD의 이야기가 끝나기 무섭게 여기저기서 불만의 목소리가 터져 나왔다.

그런 출연진들의 항의에 정철민도 뭔가 생각을 하더니 말을 꺼냈다.

"그럼 김정국 씨와 캐리 씨는 가장 나중에 남은 제비를 뽑는 것으로 하겠습니다. 그렇게 했는데도 두 사람이 한 팀이 된다면 그건 어쩔 도리가 없습니다."

출연진들의 반발에 정철민도 고심을 하다 낸 방안이었다.

그나마 이게 가장 공평하다 판단이 되었는지 조금 전 반발을 하던 출연진들은 모두 조용해졌다.

언뜻 보이기에는 상당히 공평해 보이지만 사실 따지고 보면 이들이 먼저 제비를 뽑나 나중에 남은 것을 가지나 마찬가지다.

그저 심리적으로 공평해 보이는 것뿐이다.

"그럼 누구부터 나와서 제비를 뽑겠습니까?"

정철민은 출연진들을 돌아보며 물었다.

그런 정철민 PD의 물음에 강수가 느닷없이 레이디 퍼스트를 외쳤다.

"레이디 퍼스트! 윤미 씨 나와서 먼저 뽑으세요."

"야!"

이강수가 레이디 퍼스트라는 말을 하자 앞으로 나오던 성지효가 소리쳤다.

레이디 퍼스트라고 해서 자신이 앞으로 나가는 것을 보았음에도 이강수가 남윤미를 찾자 소리친 것이다.

"형님은 뒤로 나오세요. 레이디 퍼스트 몰라요?"

"어윽!"

이강수의 형님이란 말에 성지효는 뒷목을 잡고 쓰러지는 연기를 하였다.

비록 설정이긴 하지만 두 사람의 만담은 진짜 남매를 보는 듯 아웅다웅하는 모습이 무척이나 재미있었다.

물론 그건 옆에서 구경을 하는 입장이지, 당사자들은 그렇지 않았다.

"너어!"

성지효는 자신을 형님이라 부르는 강수에게 화가 난 듯 제비뽑기를 포기하고 이강수에게 달려갔다.

하지만 별명이 기린인 것처럼 이강수의 키는 껑충 컸다.

비록 비쩍 말라 호리호리한 모습이기는 하지만 팔다리가 길어 대한민국 여성 평균키보다 살짝 작은 성지효는 길쭉한 강수의 팔에 막혀 접근을 할 수 없었다.

"야야! 손님들 모셔두고 뭐 하는 거야! 싸우려면 저기 저쪽으로 가서 싸워라!"

강수와 성지효가 아웅다웅하는 모습을 보던 캐리가 보다 못해 두 사람에게 소리쳤다.

"뭐야! 캐리, 너! 여성 게스트가 왔다고 날 배신하는 거야?!"

런인맨 속에서 연인 콘셉트로 나오는 두 사람이기에 성지효가 캐리에게 도끼눈을 뜨며 소리쳤다.

"뭐래? 남윤미 씨, 여긴 신경 쓰지 마시고 어서 먼저 뽑으세요."

캐리는 자신을 향해 소리치는 성지효를 뒤로하고 남윤미에게 상냥한 미소를 지으며 이야기 하였다.

"네!"

작은 소란이 있었지만 런인맨 출연진과 게스트로 나온 남윤미를 선두로 이기준과 수현도 제비를 뽑았다.

제비뽑기를 한 결과, 수현은 유재성, 성지효와 한 팀이 되었다.

그리고 김정국과 주석진, 이강수, 그리고 게스트로 참여를 하는 이기준이 한 팀이 되었으며, 꾀돌이 하몽과 래퍼 캐리, 개그맨 장세찬과 게스트로 온 남윤미가 한 팀이 되었다.

그런데 남윤미가 들어간 팀들은 일제히 환호성을 질렀는데, 이 중 성지효와 커플로 있던 캐리의 환호성이 가장 컸다.

그 때문에 캐리는 환호성을 지름과 함께 성지효에게 옆구리를 가격당하는 해프닝을 만들어냈다.

"잠시 소란이 있기는 했지만, 이제 팀이 나눠졌으니 본격적으로 게임에 들어가겠습니다."

정철민 PD는 세 개의 팀이 만들어지자 이들을 보며 미션을 들려주었다.

"지금 시간도 그렇고, 또 야시장에 왔으니 야시장을 돌아보지 않을 수 없습니다."

"네!"

야시장을 돌아야 한다는 말에 출연진들은 일제히 환호성을 질렀다.

그도 그럴 것이 야시장에서의 촬영이다 보니 주변에서 풍기는 맛있는 음식 냄새로 인해 배 속에서 밥 달라는 소리가 들려왔기 때문이다.

"그럼 이번에는 돌림판을 네 번 돌리겠습니다. 한 사람씩 나와 돌려주시기 바랍니다."

언제 가져다 두었는지 정철민의 말이 떨어지기 무섭게 커다란 룰렛이 등장을 했다.

룰렛 안에는 여러 개의 칸이 나눠져 있었는데, 그곳에는 깨알 같은 글씨가 적혀 있었다.

MC인 유재성이 먼저 나와 룰렛을 돌렸다.

다라라락!

돌림판에 화살표가 걸리는 소리가 요란하게 들렸다.

힘차게 돌던 룰렛이 어느 순간 속도가 줄어들며 천천히 돌다가 멈췄다.

그런데 룰렛이 멈추고 나온 글자를 본 유재성이 화를 내기 시작했다.

"아니, 여기에 한문을 적어놓으면 어떻게 읽으라는 말입니까?"

"하하 일단 유재성 씨는 제자리로 돌아가 주십시오. 다음 분 나와서 돌려주세요."

정철민 PD는 유재성의 항의에도 불구하고 여타 말을 하지 않고 다음 사람을 부르며 룰렛을 돌려줄 것을 요구하였다.

하는 수 없이 유재성이 자신의 자리로 돌아가고, 다음 차례로 성지효가 나와서 룰렛을 돌렸다.

그렇게 차례차례 앞으로 나와 룰렛을 한 번씩 돌리고 제자리로 돌아가자 그제야 정철민 PD가 설명을 하기 시작했다.

"방금 여러분이 돌린 돌림판은 이곳 닝샤 야시장에서 팔고 있는 거리 음식입니다. 그리고 각자에게 당첨된 것이 바로 오늘 여러분들의 저녁식사입니다."

정철민은 방금 전 룰렛을 돌려 걸린 것이 무엇인지 이제야 설명을 해주었다.

"우선 유재성 씨 팀이 마라 초두푸, 어아젠, 안지입니다. 잘 기억하십시오. 그리고 김정국 씨 팀은… 캐리 씨 팀은… 이상입니다. 식사 시간은 30분입니다. 그 안에 지금 제가 불러준 음식을 사서 이곳으로 오시면 됩니다. 정확하게 다 사 오시면 맛있게 식사를 하시면 되고, 만약 시간 내에 사 오시지 못하시면 벌칙이 부과됩니다."

정철민 PD의 설명을 들은 출연자들은 바짝 긴장을 하였다.

"자, 그러면 정확히 30분 드리겠습니다. 준비! 출발!"

삐이!

출발 신호와 함께 부저가 크게 울렸다.

와아!

정철민 PD의 신호가 떨어지기 무섭게 출연자들은 커다란 함성과 함께 일제히 뛰쳐나갔다.

이들이 야시장에 들러, 미션을 해결하는 데 주어진 30분은 결코 많은 시간이 아니다.

런인맨 출연자들은 이와 비슷한 미션을 태국에서 이미 한 번 해본 경험이 있었기에 긴장된 표정으로 달리기를 한 것이다.

더군다나 태국에서 할 때는 자신들이 무엇을 사야 하는지 적힌 종이라도 주어졌는데, 이번에는 그런 것도 없었다.

조금 전 들려준 음식 이름을 기억했다가 그대로 사 와야 했다.

만약 자신들에게 주어진 음식을 사 오지 못했을 때는 벌칙이 있다고 했으니, 악독한 악마 PD라면 자신이 한 말을 그대로 지킬 것이 분명했기 때문이다.

＊　　　＊　　　＊

닝샤 야시장에 도착한 유재성과 수현 팀은 조금 빠른 걸음으로 주변을 살폈다.

"일단 음식점부터 찾자!"

"알았어요."

"네!"

유재성의 의견에 성지효와 수현은 그 말에 찬성을 하며 주변을 둘러보았다.

"아, 저기! 저기 음식점 보여요."

성지효가 음식점을 찾았는지 소리를 쳤다.

"그래, 어서 가자!"

유재성과 성지효, 그리고 수현팀은 그렇게 방송 분량을 위한 토크도 없이 그냥 음식점을 향해 돌진을 하였다.

방송 분량을 위해서 시작부터 부족한 시간을 허비할 필요가 없었기 때문이다.

하지만 다른 팀들은 특별 게스트인 이기준과 남윤미를 위해 열심히 방송 분량을 뽑고 있었다.

그 때문에 유재성과 수현 팀이 음식점을 찾아 자신들이 사야할 음식을 주문하고 있을 때까지도 아직 음식점을 찾지

못하였다.

"저기, 에……."

막상 음식점에 도착한 유재성이 음식을 주문하려 했지만 중국어를 할 줄 모르는 그인지라 말을 하다 말고 당황해하였다.

"뭐, 뭐였지? 우리가 시켜야 할 음식 이름이……."

"마라, 마라 뭐라고 했는데, 잘 생각이 않나!"

유재성과 성지효는 방금 전 들었던 음식 이름이 갑자기 생각이 나지 않아 당황했다.

그런데 옆에서 유창한 중국어가 들려왔다.

"搞問, 臭豆腐別 搞給子(실례합니다. 취두부 마라탕 주십시오)."

중국어를 할 줄 몰라 쩔쩔매고 있는 두 사람의 모습에 가만히 두 사람을 지켜보고 있던 수현이 나서서 음식 주문을 하였다.

"首先, 挑一挑种類吧(먼저 재료 선택하세요)."

수현의 주문을 받은 식당 주인은 앞에 놓인 음식들을 가리켰다.

"是的(네)!"

주인이 골라보라는 말에 수현이 대답을 하고 재성과 지효를 돌아보았다.

수현이 주인과 음식 주문을 위해 중국어로 대화를 하고

있을 때, 수현의 너무도 자연스러운 중국어 실력에 놀라 유재성과 성지효는 그때까지도 정신을 차리지 못하고 수현을 쳐다보고 있었다.

그런데 그 모습이 너무도 멍청해 보였는데, 이들을 찍고 있던 카메라맨은 눈을 반짝이며 이 모습을 카메라에 담았다.

"재성이 형! 누나! 어떤, 어떤 것 드실 거예요? 골라보세요."

중국어를 몰라 당황하던 유재성은 너무도 자연스럽게 주문을 하는 수현을 보다 수현이 말을 걸자 얼른 정신을 차리고 말을 하였다.

"야, 수현이 중국어 잘한다."

"맞아! 와, 대단해!"

"하하, 뭘 이 정도 가지고, 일단 얼른 골라보세요. 다른 두 가지도 사러 가야 하니…….

수현은 두 사람이 자신을 칭찬하자 웃으며 말을 하였다.

"아! 맞다. 아직 두 개나 더 사야 했지. 얼른 사가지고 가자!"

유재성은 수현의 말에 정신을 차리고 얼른 마라탕에 들어갈 재료를 고르기 시작했다.

마라탕을 파는 음식점 좌판에는 여러 가지 넣어 먹을 식재료가 많았다.

그중에는 먹음직스러운 것도 있었지만, 한국인들이 보기에 혐오스러운 모양의 재료도 많아 유재성과 성지효는 그런 것들을 피해 마라탕에 들어갈 재료를 골랐다.

"난, 이거, 이거!"

"그럼, 난 요것하고 요거!"

성지효는 여배우다 보니 좀 더 신중하게 재료를 골랐다.

두 사람이 마라탕의 재료를 선택을 하자 수현은 주인을 보며 주문을 마저 하였다.

"這个, 給我這个(이거, 이것 주세요)."

"諾諾(예예)."

주문을 받은 식당 주인은 대답을 하고 빠른 손놀림으로 준비하고 있던 일회용 식기에 성지효와 유재성이 고른 음식 재료들을 담았다.

물론 수현이 고른 것도 포함이 되었다.

"謝謝(감사합니다)."

"감사합니다."

"많이 파세요."

첫 번째 음식을 산 이들은 식당 주인에게 인사를 하고 다시 또 다른 음식을 사러 자리를 떠났다.

"와, 이게 마라탕이란 것이구나!"

유재성은 이제 본격적으로 방송 분량을 챙기기 위해 너스레를 떨기 시작했다.

우선 한 가지 음식 주문 미션을 성공했고, 또 수현의 중국어 실력을 알아봤기에 자신들이 미션에 성공할 것을 예상하다 보니 급하게 서두를 필요가 없었기 때문이다.

"난, 한국에서 마라탕 먹어봤는데, 그때하고는 좀 다른 것 같아!"

유재성의 이야기에 성지효가 대답을 했다.

"하하, 아마 그때는 제대로 된 음식점에서 드셨기에 격식에 맞게 나왔을 것이지만, 여긴 야시장이잖아요. 아마 그래서 조금 다르게 보였을 수도 있을 거예요."

수현은 성지효의 이야기에 설명을 해주었다.

"아, 그런가? 그럴 수도 있겠다."

"야, 그나저나 중국어는 언제부터 한 거야! 정말 잘한다."

유재성은 다시 한 번 수현의 중국어 실력을 언급했다.

이 모든 것이 자신들의 방송 분량을 뽑기 위한 일환이며, 또 다른 한편으로는 특별 게스트인 수현을 띄워주기 위한 일환이기도 했다.

"네, 제가 전에 형님들과 방송을 할 때, 말씀드렸잖아요."

"응?"

유재성은 수현의 대답에 의문 부호가 가득한 표정으로 카메라를 쳐다보았다.

물론 그도 지금 수현이 무슨 말을 하는지 알고 있다.

하지만 그건 타 방송사에서 함께 방송을 촬영할 때 들은 이야기이지 여기 STV에서 촬영할 때가 아니었기에 수현에게 다시 한 번 그 때의 이야기를 끌어내기 위해 그런 반응을 한 것이다.

"제 최종 학력이 고등학교까지잖아요."

"응."

수현이 또다시 자신의 학력을 방송에서 언급을 하였다.

이미 수현의 프로필은 인터넷에 공개가 된 지 오래다.

그러니 수현의 최종 학력 정도는 공공연히 알려진 상태였다.

"비록 사정 때문에 대학은 가지 않았지만 배움에 대한 열망이 없진 않았어요. 그래서 한두 가지 익히다 보니 몇 개의 외국어를 할 수 있게 되었어요."

수현은 유재성의 몇 개국어를 할 수 있냐는 질문에 말을 하면서도 뭐가 그리 쑥스러운 것인지 얼굴이 살짝 상기되었다.

자신의 입으로 말하는 것이 왠지 자기자랑을 하는 것 같았기 때문이다.

한편, 수현이 외국어 한두 개도 아니고 더 많은 나라들의 말을 할 줄 안다는 대답에 유재성은 물론이고 이를 카메라에 담고 있던 카메라맨까지 놀랐다.

"와! 여기 진정한 능력자가 있었네!"

"맞아! 여기 엄친아가 내 앞에 있었어!"

유재성과 성지효는 수현의 대답에 놀라 자기들끼리 떠들었다.

그리고 그런 두 사람의 말에 공감을 한다는 듯 카메라도 몇 차례 상하로 움직였다.

"그렇죠? 카메라 감독님!"

"네!"

다른 때 같았으며 방송 사고라고 편집이 되었겠지만, 방금 전 상황을 보면 방금 카메라 감독의 목소리가 오디오에 녹음이 된 것은 사실성을 더욱 높여주는 역할을 하였다.

그렇게 수현과 유재성, 그리고 성지효 팀은 야시장을 돌며 이야기를 하면서 미션을 수행해 정철민 PD가 있는 곳으로 돌아갔다.

그럼에도 주어진 30분 중 10분도 걸리지 않고 세 가지 음식을 모두 사 와 다른 팀보다 먼저 저녁 식사를 할 수 있었다.

Chapter 6

종횡무진

런인맨 출연진은 물론이고 스텝들 또한 닝샤 야시장에서 사온 길거리 음식들로 저녁을 해결하고 후반 촬영을 위해 모였다.

각 팀별로 전반전 미션을 하면서 수현이 속한 유재성, 성지효 팀처럼 모든 음식을 사와서 미션에 성공한 팀도 있고, 캐리, 하몽, 장세찬, 그리고 남윤미 팀은 미션으로 정해진 음식 네 가지 중 세 가지는 정확하게 사 왔지만, 마지막 한 가지를 엉뚱한 것을 사 오는 바람에 벌점을 받아 꼴찌를 하고 말았다.

더욱이 다른 팀들은 각자 팀원 수에 맞게 음식 미션을 성공을 하였지만, 이들은 잘못 사온 음식을 먹지 못하는 것은 물론, 미션 실패로 인해 한 가지 음식을 추가로 빼앗기게 되어 두 가지 음식을 네 명이서 나눠 먹게 되는 바람에 배고픔을 호소했다.

하지만 이들의 불만을 들은 정철민 PD는 이들의 불만을 묵살하고 후반 촬영에 들어갔다.

"자자, 그만 떠들고 주목해 주시기 바랍니다."

각 팀별로 뭉친 출연진을 보며 이목을 집중시켰지만, 전반 미션에 실패를 하는 바람에 저녁을 조금밖에 못 먹은 하몽의 팀은 아직도 불만이 가시지 않았는지 연신 정철민 PD의 말에 궁시렁거리고 있었다.

물론 그들이 불만을 터뜨리는 것은 실재로 불만이 있다는 것보단, 방송의 재미를 위해 그러한 것이다.

연예인인 이들이 야시장에서 저녁을 조금 먹었다고 실제로 이렇게 불만을 가질 이유가 없었다.

촬영만 끝나면 언제든 자신의 돈으로 얼마든지 음식을 사 먹을 수 있기 때문이다.

"아까 미션 들어가기 전에 제가 말을 했었죠? 미션 수행을 끝나고 각 팀 순위에 따른 페널티가 주어진다고 말입니다."

"뭐야! 그럼 우리 팀은 저녁도 조금밖에 주지 않고 페널티도 받으라고? 못해! 나 촬영 안 할 거야!"

정철민 PD의 설명에 이야기를 듣고 있던 하몽이 갑자기 자리에 엉덩이를 깔고 앉아 생떼를 부렸다.

하지만 출연진 어느 누구도 그런 하몽을 신경 쓰는 이가 없었다.

더욱이 같은 팀원들까지 아이처럼 떼를 쓰는 하몽을 모르는 척 외면을 하였다.

"우선 가장 먼저 미션을 성공한 유재성, 성지효, 정수현 팀 앞으로 나오세요."

정철민은 전반 미션에 1등을 한 세 사람을 불렀다.

그리고 조감독이 전해주는 커다란 모래시계를 하나씩 주었다.

"어? 모래시계네!"

"네, 맞습니다. 설명은 나중에 할 테니 일단 제자리로 돌아가 주세요."

모래시계를 전달한 정철민은 세 사람에게 다시 제자리로 돌아가라고 하고는 다시 차례로 출연자들을 불렀다.

그런데 이들이 받은 모래시계는 조금 차이가 있었다.

모든 미션을 성공하고 가장 먼저 도착한 유재성 팀에게 준 모래시계는 가장 큰 모래시계로 30분의 시간을 잴 수 있는 모래시계였다.

그리고 2등을 김정국 팀원들에게 준 모래시계는 이보다 10분이 적은 20분을 잴 수 있는 모래시계다.

그리고 꼴등을 한 하몽의 팀원들은 15분의 시간을 잴 수 있는, 이들 세 팀 중 가장 작은 모래시계였다.

"이게 뭐야! 재성이 형 팀은 가장 큰 모래시계고, 왜 우린 이렇게 작은 거야!"

모래시계의 크기를 보며 하몽이 또다시 불만을 토했다.

그런 하몽의 소란에 런인맨에서 능력자, 괴물 등의 별명을 가지고 있는 김정국이 나와 하몽의 뒷목을 잡고 한쪽으로 끌었다.

"아, 아! 아파요. 정국이 형! 이것 좀 놔주세요."

하몽은 김정국에게 잡힌 뒷목을 잡혀 끌려가며 고통을 호소했다.

"너희가 미션에 꼴찌를 해서 그런 것이잖아! 조용히 찌그러져!"

하몽으로 인해 작은 소란이 있었지만, 김정국의 난입으로 소란은 금방 제압이 되며 끝이 났다.

"잠시 소란이 있었습니다. 자, 그럼 계속해서 설명을 하겠습니다."

정철민 PD는 하몽의 소란에도 불구하고 별로 놀랄 것도 없다는 듯 태연하게 게임의 룰을 설명했다.

후반 최종 게임의 룰은 간단했다.

각자 자신이 받은 모래시계를 안전한 곳에 숨겨두고 모래시계에 들어 있는 모래가 모두 떨어지기 전 다른 팀의 멤버

스타라이트

들 이름표를 모두 뜯어내면 이기는, 무척이나 단순한 룰이었다.

다만 각 팀별로 받은 모래시계의 시간이 다른 관계로 전반 미션에서 꼴찌를 한 하몽의 팀이 가장 불리하였다.

"뭐야! 그럼 우리가 가장 불리하잖아!"

룰에 대한 설명이 끝나기 무섭게 조금 전 김정국에게 제압이 되었던 하몽이 다시 한 번 난입해 또다시 불만을 터뜨렸다.

하지만 이번에는 김정국도 나서지 않았다.

실제로 방금 전 정철민 PD가 설명한 룰은 유재성 팀에 비해 자신들이 불리했기 때문이다.

20분의 시간을 가진 가졌기에 15분밖에 시간을 가지지 못한 꼴찌 팀보단 괜찮았지만, 그래도 자신들보다 10분이나 여유가 있는 유재성 팀에 비해서 불리했다.

막말로 꼴찌한 하몽의 팀과 연합을 한다고 해도 1등을 하여 자신들보다 시간이 많은 유재성의 팀이 도망을 다닌다면 결국 시간이 부족한 자신들도 탈락을 할 것이기 때문이다.

"물론 게임이 이대로만 진행이 되면 1위를 한 유재성, 성지효, 정수현 팀에게 너무도 유리합니다. 그래서 두 번째 룰이 있습니다."

"뭐야! 그런 게 어디 있어요."

정철민 PD가 두 번째 룰이 있다는 말이 떨어지기 무섭게 이번에는 1등을 해서 여유 있게 다른 팀들에게 조소를 날리고 있던 유재성이 깜짝 놀라며 소리쳤다.

"하하, 언제 우리가 한쪽에 유리한 게임을 했던 적이 있었나요? 저희 제작팀은 언제나 공정한 게임을 제공합니다."

유재성이 불만을 토로하자 그런 유재성을 싱글벙글 미소를 지으며 쳐다보던 정철민 PD가 얄밉게 대답을 하였다.

"와! 저, 저, 얄미운 입 봐라! 왕국의 국민 여러분! 일어나십시오. 여기… 켁! 켁!"

조금 전까지 하몽이 게임의 불리함을 가지고 불만을 토로할 때까지만 해도 유유자적하며 그를 비웃던 유재성이 이번에는 자신들에게 불리한 룰이 생길 것 같자 나서서 불만을 토해다 김정국에게 제압이 되었다.

"돌아다니시다 다른 팀의 모래시계를 발견하여 차지하면 자신의 모래시계와 교체를 할 수 있는 권한이 생깁니다. 일명 타임 밴디트. 이름처럼 상대의 시간을 훔치는 것입니다."

"아! 그거 재미있겠는데!"

정철민 PD가 두 번째 게임의 룰를 설명을 하자 2등을 한 김정국의 팀과 꼴등을 한 하몽의 팀도 고개를 끄덕였다.

게임의 룰은 아주 간단했다.

기존처럼 상대팀의 이름표를 때거나, 시간 오버를 만들어 탈락을 시키면 되는 것이었다.

물론 그렇다고 해도 자신도 자신의 모래시계에 시간이 얼마나 남았는지 알 수 없다는 공포가 있었기에 결코 게임이 쉽지만은 않았다.

어차피 두 번째 룰은 상대의 모래시계를 찾아야 하는 제한이 있는 룰이었다.

즉, 자신보다 시간이 많이 남은 다른 팀의 모래시계를 찾지 못하면 말짱 꽝인 룰이다.

"지금부터 10분 뒤 게임이 시작됩니다. 3팀은 각자 흩어져 안전한 장소에 자신의 모래시계를 숨기시기 바랍니다. 단 풀숲이나 통 속과 같이 안 보이는 곳이 아닌 공개된 장소여야 합니다."

"뭐? 공개된 장소에 숨기라고? 그게 어떻게 숨기는 거야!"

또다시 유재성의 입에서 불만의 목소리가 들렸다.

"아, 쫌! 그냥 시키는 대로 해!"

유재성이 불만을 토로하자 자꾸만 촬영이 지연되는 것에 짜증이 난 김정국이 유재성을 향해 고함을 질렀다.

"아니, 뭐 내가 뭐라고 했냐. 그냥 설명이 이해가 안 가서 그렇지."

마치 성난 곰처럼 큰 소리를 지르며 달려오는 김정국의 기세에 놀란 유재성이 얼른 꼬리를 말았다.

"키키, 나, 저 형 저럴 줄 알았어! 정국이 형! 나이스!"

유재성이 김정국에게 혼나는 모습에 하몽이 말했다.

"너도 조심해!"

그런 하몽을 보며 김정국은 눈을 부라리며 소리쳤다.

"아니, 왜? 불똥이 다시 나한테 오는데! 왜! 왜!"

"어서 움직이십시오. 시간이 얼마 남지 않았습니다."

유재성과 하몽의 작은 소란으로 인해 아직 출연자들이 모래시계를 숨기려 흩어지지 않은 것에 정철민 PD가 소리쳤다.

그 소리에 얼른 정신을 차린 유재성과 하몽은 각자 자신의 팀들과 함께 자리를 떠났다.

*   *   *

수현은 자신의 팀인 유재성과 성지효와 함께 자신의 이름이 적힌 모래시계를 안고 움직였다.

그러면서 주변을 살폈는데, 모래시계를 숨길 만한 곳이 보이지 않았다.

정철민 PD의 말처럼 공개된 장소이면서도 눈에 잘 띄지 않는 장소를 찾으려니 그 조건에 맞는 장소가 잘 눈에 보이지 않는 것이다.

"아, 어떻게 하지?"

유재성은 걸으면서 의견을 물었다.

"그러게. 오빠! 잘 좀 찾아봐요."

성지효는 유재성이 걸으면서 계속해서 투덜거리는 것에 살짝 짜증이 묻어나는 목소리로 타박을 하였다.

"너 지금 수현이 앞에서 내게 짜증을 부리는 거니?"

재성은 성지효의 목소리에서 짜증이 느껴지자 얼른 수현을 돌아보며 그렇게 말했다.

"아니, 내가 언제 짜증을 부렸다고, 오빠앙!"

성지효는 재성의 말에 깜작 놀라 말을 하며 수현의 눈치를 살폈다.

괜히 재성과 친한 수현의 앞에서 자신이 버릇없는 여자로 보이는 것은 아닌가 걱정이 된 것이다.

물론 수현이 자신보다 연하이기는 하지만 잘생긴 남자 앞에서 그런 모습을 보인다는 것은 연상연하를 떠나 부끄러웠기 때문이다.

"저……."

재성과 지효 두 사람이 모래시계를 숨기는 문제로 살짝 다투자 수현이 자신의 의견을 말하기 위해 운을 뗐다.

"왜? 수현아 적당히 숨길 만한 장소를 찾았냐?"

유재성은 얼른 수현에게 질문을 하였다.

"아니요. 그런 것이 아니라 굳이 안전한 장소를 찾아 고민할 것이 아니라 그냥 아무 곳에나 적당한 곳에 숨기고 빠른 시간에 다른 팀원들을 탈락시키죠."

수현은 한참을 걷다 머릿속을 스치는 생각이 있어 그것을 말했다.

"응? 그건 또 무슨 소리냐?"

수현의 말이 잘 이해가 가지 않은 재성은 고개를 갸웃거리며 되물었다.

그런 재성의 질문에 수현은 자신의 생각을 자세히 설명을 하였다.

"어차피 저희가 숨길 수 있는 장소는 정해져 있잖아요."

"그렇지."

"네, 그렇다는 것은 어떤 곳에 숨겨도 결국 들키고 말 것입니다. 그런데 저희가 그런 것도 생각지 못하고 안전하다 생각해 도망만 다니다가 만약 숨겨둔 모래시계가 다른 팀에게 발견이 되면 저희는 시간 오버로 탈락하지 않겠어요?"

수현은 자신이 생각한 것을 재성과 지효가 알아듣기 쉽게 풀어 설명을 하였다.

"하지만 굳이 저희가 시간을 모두 허비하지 않고 꼴찌 팀인 캐리 형님 팀이 받은 15분짜리 모래시계의 시간에 맞춰 먼저 공격을 시작하는 것이 어떤가 해서요."

"음!"

수현의 설명이 끝나자 유재석은 작게 신음을 하였다.

그리고 그건 이야기를 조용히 듣고 있던 성지효 또한 마찬가지였다.

"그런데 그게 가능할까? 정국이네 팀하고 하몽이네 팀은 연합을 할 것이 분명한데."

재성은 수현의 이야기를 듣고 분명 가능성을 보았다.

하지만 걱정이 되지 않는 것이 아니었다.

런인맨을 촬영하기 시작한 지 벌써 2년여가 되었다.

2년여가 되다 보니 수많은 상황이 연출이 되었는데, 그 중에는 오늘과 비슷한 상황도 많았다.

그럴 때면 이들은 연합을 하여 가장 유리하다고 판단되는 팀을 공격해 탈락을 시켰다.

물론 그런 와중에서 배신이 난무하여 많은 변수가 벌어지기도 했지만, 유재성은 물론이고, 성지효 오늘 김정국 팀과 하몽의 팀이 100% 연합을 할 것이라 확신을 하였다.

그리고 수현 또한 두 팀이 이기기 위해 연합을 할 수도 있다고 생각은 하고 있다.

어떤 상황이든 최악의 상황을 고려하는 수현이다 보니 계획을 세울 때 가장 먼저 생각하는 것이 최악의 상황일 때 자신이 해야 할 것들이다.

수현은 두 팀이 연합을 했다고 해도 자신들에게 그리 어렵다는 생각은 들지 않았다.

"물론 정국 형님 팀하고 하몽 형님 팀이 연합을 한다고 해도 바로 합류를 하진 않을 것이라고 봐요."

"그렇지, 더욱이 우리보다 한 명이 더 많은 상황이니 연합을 하더라도 상대방을 의식할 것이 분명해!"

"그러니 우린 먼저 하몽 형님 팀을 먼저 공격해 숫자를 줄이는 것이 관건이에요."

수현은 자신들이 공격할 팀으로 하몽의 팀을 택했다.

"왜? 이왕이면 가장 우승 후보인 정국이 팀을 공격해 숫자를 줄이는 것이 더 좋지 않을까?"

재성이 수현이 하몽의 팀을 공격하자는 의견에 고개를 갸웃거리며 물었다.

"물론 그것도 좋아요. 어찌 되었든 연합의 숫자를 줄일 수 있으니 그것도 좋은데……."

수현은 이야기를 하다 말고 잠시 멈췄다.

"왜? 어서 말해봐."

갑자기 수현이 이야기를 하다 말고 멈추자 의아한 표정을 하며 물었다.

"형님, 달려요!"

갑자기 달리라는 말을 하고는 수현이 뛰기 시작했다.

"왜? 왜?"

수현이 갑자기 달려 나가자 재성과 지효는 영문도 모르고 그냥 수현을 따라 달리기 시작했다.

그런데 수현이 먼저 달리 시작하자 두 사람이 그 뒤를 쫓아 달렸지만 그 간격은 점점 벌어졌다.

"수현아!"

결국 유재성은 달리다 말고 너무 숨이 차 달리기를 멈추며 수현을 불렀다.

하지만 수현은 그 목소리를 들었는지 못 들었는지 계속해서 앞으로 달리다 방향을 틀어 골목으로 들어갔다.

"뭐야!"

"쟤 뭐지? 무엇 때문에 저렇게 뛰는 거야! 카메라 감독님은 보셨어요?"

성지효는 재성이 숨이 차 멈추자 덩달아 달리는 것을 멈췄다.

그녀 또한 수현을 따라가는 것이 너무 힘들어 그 뒤를 따라가는 것을 포기한 것이다.

그러면서 자신들을 찍고 있는 카메라 감독을 돌아보며 물었다.

수현이 무엇 때문에 그렇게 급하게 뛰어간 것인지 아는 것이 있는지 말이다.

한편 수현은 작전을 설명하던 중 저 멀리 익숙한 실루엣을 보았다.

그리고 그것이 조금 전 설명을 하던 하몽의 옆모습이란 것을 알기까지 그리 오래 걸리지 않았다.

그래서 유재성과 성지효에게 달리라는 말을 하고 뛰기 시작한 것이다.

하몽은 자신의 팀과 이야기를 하면서 걷던 중이라 자신들을 발견하지 못했다.

하지만 자신은 하몽을 먼저 발견했기에 뒤를 급습하기 위해 뛰었다.

뒤에서 유재성과 성지효가 자신을 부르는 소리가 들렸지만 현재 각 팀의 인원수를 보면 자신의 팀이 세 명으로 다른 팀에 비해 한 명이 부족했다.

자신의 신체 능력을 생각하면 그 정도 핸디캡이야 별거 아니지만, 방송 촬영에서 자신의 능력을 모두 들어낸다는 것은 있을 수 없는 일이지 않은가. 그래서 일단 다른 팀들의 숫자를 줄이기로 결정을 내렸다.

우선 목표가 처음 생각한 것처럼 하몽의 팀을 우선순위로 두었는데, 하늘의 뜻인지 그들이 자신의 눈에 띈 것이다.

다다다다!

어느 정도 하몽의 팀에 접근을 했다고 판단이 되자 속도를 줄였다.

스윽! 스윽!

걸음을 멈추고 벽에 붙어 하몽의 팀을 살폈다.

"재성이 형 팀을 상대하기 위해 연합을 해야 하지 않을까?"

캐리가 걸어가면서 의견을 냈다.

"물론 그것도 좋기는 하지만, 저쪽에는 정국이 형이 있어! 재성이 형네는 우리보다 숫자가 한 명 적지만 정국이 형네는 우리랑 숫자도 똑같고, 더욱이 저 팀은 모두 남자들이야!"

"그렇지, 강수하고 석진 형님이 계시기는 하지만 일단 남자라는 것이 우리보단 유리해!"

장세찬이 캐리의 의견을 받아 그 말에 찬성의 말을 하였다.

"그래도 일단 우리가 가진 시간보다 두 배나 많은 시간을 가진 재성이 형님네가 가장 유리한 것은 맞아! 이대로 시간이 지나면 우리가 가장 불리하니 일단 연합을 하는 것으로 하고, 기회를 봐서 정국이 형네 팀원을 탈락시키는 것으로 하자!"

하몽은 캐리나 세찬의 의견도 타당성이 있다고 보고, 연합을 하기는 하지만 기회가 되면 배신을 해서라도 정국의 팀원 숫자를 줄이는 것으로 하였다.

자신이 몰래 지켜보고 있는 것도 모르고 자신들끼리 떠들면서 방심을 하고 있는 하몽의 팀을 보면서 수현은 눈을 반짝였다.

'좋았어!'

아직 자신이 있는 지도 모르고 방심을 하는 하몽 팀을 보면서 수현은 조심스럽게 그들의 뒤로 접근을 하였다.

그런데 갑자기 변수가 발생을 하였다.

저 앞쪽에서 정국의 팀이 보였던 것이다.

"앗! 김정국 팀이다."

"뛰어!"

하몽은 자신들의 앞에 김정국의 팀원들이 보이자 고함을 지르며 달리기 시작했다.

그리고 뒤늦게 하몽의 팀이 달리는 모습에 그들을 발견한 김정국이 팀원들에게 소리치며 하몽 팀의 뒤를 쫓았다.

'이런, 좋은 기회였는데.'

수현은 갑자기 김정국의 팀을 발견하고 도망치는 하몽의 팀원들을 보며 속으로 안타까워하였다.

하몽과 김정국의 팀원들이 자신의 앞을 지나갈 때, 수현은 그들에게 자신이 숨어 지켜보고 있는 것을 들키지 않기 위해 골목 벽에 바짝 붙었다.

휙! 휙!

자신의 앞으로 사람들이 달려가는 모습을 조심스럽게 지켜보던 수현은 그들이 모두 지나가자 골목을 빠져나왔다.

그리고 그들의 뒤를 따라 달리기 시작했다.

수현이 그렇게 달리는 것은 처음 계획과 달라졌지만, 자신의 존재를 인식하지 못하고 있는 김정국의 팀원들을 보면서 계획을 변경한 것이다.

자신들 다음으로 약팀인 하몽의 팀원들을 쫓고 있는 김정국의 팀원들의 숫자를 줄이는 것도 좋은 선택이기 때문이다.

그리고 지금 방심을 하고 있는 그들의 뒤를 급습하면 좋은 그림이 나올 것 같았다.

마침 김정국의 팀원 중 가장 뒤에서 뛰고 있는 주석진의 등이 보였다.

수현은 빠르게 주석진의 뒤로 접근해 그의 이름표를 잡아당겼다.

찌이익!

하몽의 팀과 추격전을 벌이던 중, 갑자기 뒤에서 누군가 자신의 옷을 잡아당기는 듯한 느낌을 받았지만 주석진은 별다른 의심이 없었다.

그런데 갑자기 이름표가 뜯기는 소리에 깜짝 놀라 뒤를 돌아보았다.

"어? 뭐야!"

난데없이 자신의 눈앞에 보이는 수현의 모습에 주석진은 상황을 파악하지 못하고 소리쳤다.

"너가 여기… 으읍읍!"

막 수현에게 뭐라고 말을 하려는데, 어디서 나타났는지 검은 양복을 입고 검정색 선글라스를 쓴 남자들이 나타나 그의 입을 틀어막고 어디론가 끌고 갔다.

주석진이 의문의 사내들에게 끌려가는 모습을 본 수현은 저 멀리 달려가는 하몽 팀과 정국의 팀을 보다 더 이상 쫓아갔다가는 오히려 그들에게 반격을 당할 수 있다는 판단에 왔던 길로 돌아갔다.

＊　　　＊　　　＊

"아! 얘는 지금 어디로 간 거야!"

갑자기 뛰어간 수현을 찾기 위해 재성과 지효는 주변을 살피며 걷고 있었다.

"그러게요. 수현 씨 엄청 빠르네요. 순식간에 사라졌어요."

유재성의 투덜거리는 소리에 성지효도 덩달아 맞장구를 쳤다.

그런데 갑자기 스피커에서 주석진이 탈락했다는 소리가 들렸다.

— 주석진, 주석진 탈락! 주석진 탈락!

느닷없는 주석진의 탈락 메시지에 재성과 지효는 걷던 걸음을 멈추고 놀란 얼굴로 서로를 쳐다보았다.

그리고 이곳에서 얼마 떨어지지 않은 곳에서도 주석진의 탈락 소식들은 김정국과 하몽의 팀원들도 깜짝 놀라고 있었다.

"여기 계셨네요."

두 사람이 스피커를 통해 주석진이 탈락한 소식을 듣고 놀라워하고 있을 때, 언제 돌아왔는지 수현이 두 사람을 보며 물었다.

"어! 너 어디 갔다 온 거야! 그런데 방금 들었어? 석진이 형 탈락했대!"

재성은 수현이 돌아오자 방금 들었던 주석진의 탈락 소식을 전했다.

"네, 원래는 하몽 형님네 팀원을 발견하고 몰래 쫓아간 것인데, 갑자기 정국 형님네 팀이 나타나는 바람에 그렇게 됐습니다."

수현은 방금 전 자신이 주석진을 탈락시킨 것에 대한 간단한 대답을 들려주었다.

그런 수현의 대답에 더욱 눈이 커진 재성이 수현을 다그쳤다.

"뭐? 그게 정말이야? 석진이 형을 탈락시킨 것이 수현이 너였어?"

재성은 질문을 하면서도 도저히 믿을 수가 없었다.

조금 전까지만 해도 자신들과 함께 있었는데, 갑자기 달려가더니 다시 돌아와선 자신이 런인맨의 고정 출연자 중 한 명인 주석진을 탈락시키고 돌아왔다고 말을 하니 그 말이 믿기지 않았다.

주석진이 방송에서야 허당에 매번 출연자들에게 당하는 모습으로 그려지는 것이지, 이렇게 쉽게 탈락한 사람이 아니었다.

"좀 자세히 설명 좀 해봐!"

도저히 궁금증을 참을 수 없던 재성이 재촉을 하였다.

그런 재성의 모습에 수현은 조금 더 자세히 설명을 하기 시작했다.

주석진을 탈락시킨 배경에 대해 장황하게 설명을 하니 그제야 수현이 어떻게 주석진을 탈락시킬 수 있었는지 깨닫게 되었다.

"와! 대단하다."

"그러게요. 도전! 드림팀 할 때 운동신경이 좋은 것은 알았는데, 정말 대단하네요."

재성과 지효는 수현을 보며 자신도 모르게 박수를 쳤다.

"이러고 있을 때가 아니에요. 석진 형님이 탈락했으니 김정국 형님 팀에선 하몽 형님네와 100% 연합을 할 것이 분명해요."

"맞아! 이젠 인원수에서 우리와 같아졌으니 하몽이네 팀과 전력상으로 그리 차이가 없어졌으니 하몽이네를 함부로 공격을 하지 못하고 연합을 할 거야!"

이야기를 주고받으면서 계속해서 주변을 살피며 걸었다.

"그런데 모래시계는 숨겼어요?"

"오던 중 적당한 곳에 숨겼어!"

"그래요. 그럼 저도 숨겨야겠네요. 아까 하몽 형님 팀 쫓느라 전 숨기지도 못했으니."

수현은 그렇게 말을 하며 모래시계를 숨길 적당한 장소를 찾았다.

그러다 광장 근처에 도착을 하고 4층짜리 건물을 보았다.

주변에 비슷한 높이의 건물들이 있는데, 그중 한 건물 2층 난간이 조금 튀어 나와 있는 것이 보였다.

"저기 숨기면 적당하겠네요. 적당한 음영에 숨기면 잘 눈에 띄지도 않겠어요."

수현은 적당한 장소를 찾자 그렇게 말했다.

"어? 야! 절묘하다."

수현이 자신이 발견한 곳에 모래시계를 숨기고 돌아오자 그것을 보고 있던 재성이 감탄을 하며 소리쳤다.

"정말 자세히 보지 않으면 찾지도 못하겠다."

성지효도 유재성의 말을 이어 그렇게 대답을 하였다.

"이제 본격적으로 다른 팀들을 찾아보죠."

수현은 자신의 모래시계를 숨기고 돌아오며 말을 하였다.

그런 수현의 의견에 재성과 지효는 고개를 끄덕였다.

최선의 방어는 최선의 공격이라고 했던가. 수적으로 불리하겠지만 도망만 다녀서는 압도적으로 수자가 많은 저들을 감당할 수 없었다.

그러니 돌아다니며 그들이 방심할 때, 공격을 하여 숫자를 줄이는 것이 최선이었다.

막말로 비슷한 숫자만 되도 자신들이 우승을 하는 데 유리하기 때문이다.

한편, 하몽의 팀을 발견하고 그 뒤를 쫓던 김정국의 팀은 갑자기 들려온 자신들의 팀원의 탈락 소식에 깜짝 놀라 추적을 멈췄다.

"뭐야! 멈춰! 멈춰봐!"

가장 선두에서 달리던 김정국은 하몽의 팀을 쫓던 것도 포기하고 제자리에 서서 팀원들을 불렀다.

"누구야! 누가 석진이 형 공격하는 것 본 사람?"

김정국은 자신들의 팀원들이 모이자 물었다.

누가 자신들의 팀원인 주석진을 탈락시켰는지 본 사람이 있는지 물었다.

하지만 들려온 말은 그의 기대와 반대였다.

"아니 못 봤어요."

"저도 같이 저들을 쫓는 것에 신경을 쓰느라 누가 석진 형님을 탈락시키는지 보지 못했습니다."

이강수와 이기준이 차례로 질문에 대답을 하였다.

"아, 이거 재성이 형님네가 분명한데, 언제 우리 뒤를 잡은 것이지?"

김정국은 분명 유재성의 팀에서 주석진을 탈락시킨 것이 분명한데, 그들이 언제 자신들의 뒤를 잡았는지 이해할 수가 없었다.

"이대로는 안 되겠다. 이렇게 된 것 하몽네 팀과 연합을 해서 재성이 형님네를 먼저 탈락시키는 것이 좋겠어!"

김정국은 고민을 하다 굳이 꼴찌 팀인 하몽의 팀과 경쟁을 할 것이 아니라 연합을 하는 것이 유리하다 판단을 내렸다.

"그래도 되겠어요? 우리보다 숫자도 많은데, 연합을 하려고 할까요?"

이강수는 고개를 갸웃거리며 물었다.

아닌 게 아니라 자신들보다 인원이 많은 하몽이네가 굳이 자신들과 연합을 할지 의문이 들었다.

하지만 그런 우려와 다르게 하몽의 팀원들은 주석진이 탈락을 했다는 소식을 듣자마자 모여 모아 정국의 팀과 연합을 하기로 합의를 봤다.

*   *   *

― 주석진, 주석진 탈락! 주석진 탈락!

"어?"

"어, 석진이 형 탈락을 했다고?"

한참 김정국의 팀에게 도망을 치던 중 김정국의 팀원 중 한 명인 주석진이 탈락을 했다는 소식을 듣고 하몽의 팀원들이 놀라 소리쳤다.

가장 우승 후보에 가까운 김정국의 팀원 중 한 명이 탈락했다는 소식에 이들은 쉽게 이해가 가지 않았다.

"헉! 헉! 이렇게 된 것, 허억! 우리가 도망을 칠 필요 없지 않아요? 후우!"

장세찬은 급하게 달리다 숨이 찬지 숨을 헐떡이며 물었다.

"후우, 후우! 맞아! 이젠 도망칠 필요 없지. 후우!"

암묵적으로 팀장의 위치에 오른 하몽이 숨을 헐떡이며 대답을 하였다.

"맞아! 이젠 우리가 인원수가 많으니 굳이 도망칠 필요 없지."

"응, 그런데 설마 도망치면서 시간을 보낼 것이라 생각했던 재성이 형네가 먼저 공격을 해올지는 정말 몰랐다. 대박이다."

하몽은 이야기를 하면서도 너무도 예상 밖인지 말끝에 대박이란 말을 하였다.

"일단 재성 형님네가 도망치지 않는 것을 보니 정국이 형네와 연합을 해서 먼저 처리하는 것이 좋겠어!"

"뭐? 굳이 그럴 필요가 있어?"

캐리는 하몽이 자신들과 김정국 팀과 연합을 해야 한다는 말에 고개를 갸웃거리며 물었다.

그리고 그건 캐리만 그런 생각을 하는 것이 아니라 주석진이 가장 먼저 탈락을 하면서 멤버의 숫자가 줄어든 김정국 팀이 해볼 만하다고 생각한 장세찬까지 굳이 그들과 연합을 할 필요가 있나? 하는 생각에 고개를 의문이 생겼다.

"잘 들어봐! 우리가 인원수는 많은데, 결정적으로 시간이 없어!"

"아!"

시간이 없다는 하몽의 이야기에 그가 무엇 때문에 연합을 해서 1등인 유재성의 팀을 먼저 탈락을 시켜야 한다고 주장을 하는지 이해를 하였다.

막말로 가장 시간적으로 여유가 있는 유재성의 팀원들이 흩어져 시간을 소비를 한다면 다른 팀에 비해 시간적 여유가 없는 자신들은 도중에 모두 탈락을 할 것이 분명했다.

그러니 자신들의 시간이 사라지기 전에 유재성의 팀원들을 모두 탈락을 시키는 것이 제일 중요했다.

그리고 김정국의 팀원들은 그 다음이었다.

어차피 김정국의 팀과 자신들과의 시간 차이는 겨우 5분이다.

숫자도 자신들이 더 많기에 그 정도는 유재성의 팀을 모두 처리하고 한꺼번에 처리하면 된다.

"좋아! 일단 정국이 형 찾아가서 연합을 하자고 해보자!"

"그래!"

하몽의 의견에 캐리와 다른 팀원들도 모두 찬성을 하

였다.

그리고 조금 전 자신들이 도망쳐온 것을 거슬러 올라가기 시작하며 김정국 팀을 찾기 시작했다.

얼마를 걸어갔을까, 자신들이 도망쳐 왔던 길로 거슬러 올라가던 중 저 멀리서 김정국과 이강수, 그리고 특별 게스트 이기준이 모여 있는 모습이 보였다.

"정국이 형!"

하몽은 가던 길을 멈추고 김정국을 불렀다.

"왜? 왜 불러?"

도망을 쳤던 하몽이 느닷없이 자신을 부르자 김정국은 의아한 표정으로 하몽이 있는 쪽을 쳐다보며 물었다.

"우리 연합하자!"

"연합?"

갑자기 연합을 하자며 돌아온 하몽의 대답에 김정국은 잠시 생각을 하였다.

원체 잔머리와 배신을 밥 먹듯 하는 하몽이었기에 방금 연합을 하자는 제안을 쉽게 받아들이기 힘들었다.

하지만 현재 자신들은 인원이 하몽의 팀보다 한 명 부족한 상태다.

그 때문에 방금 전 제안을 가볍게 생각할 수도 없지만, 그렇다고 마냥 무시를 할 수도 없었다.

이 자리에는 없지만 유재성의 팀에는 자신 못지않게 야외 예능에 뛰어난 능력을 가진 이가 있었다. 비록 타 방송국 예능에서 검증된 것이지만 정국도 잘 알고 있었다.

더욱이 그는 자신과 같은 가수 출신이 아닌가. 그러니 비록 자신보다 한참이나 어린 후배였지만 지고 싶지 않은 마음도 있었다.

"어떻게 하지?"

정국은 작은 목소리로 동료인 이강수와 이기준에게 물었다.

"형, 하몽 형 잘 아시잖아요. 분명 배신 때릴 거예요."

이강수는 김정국의 질문에 반대 의사를 표했다.

"하지만 현재 우리는 세 명이고 저쪽은 윤미 씨가 있다고 하지만 우리보다 인원이 많아요."

반대를 하는 이강수의 말이 끝나기 무섭게 이기준이 하몽이 있는 쪽을 가리키며 현실을 주지시켰다.

"맞아. 하몽이네는 우리보다 한 명이 많아! 지금은 하몽이 말대로 연합을 하는 것이 좋겠다."

정국은 일단 하몽의 제안을 받아들이자는 이야기를 하였다.

그러면서도 또 다른 이야기를 하였다.

"같이 움직이다가 만약 재성이 형네가 아웃되면 바로 기습을 하는 것으로 하자!"

"그래, 그게 좋겠다."

이강수는 김정국의 이야기를 마저 듣고는 고개를 끄덕이며 찬성을 하였다.

이렇게 모든 팀원들의 동의를 얻은 김정국은 하몽을 불러 제안을 수락했다.

"좋아! 재성이 형네 팀을 아웃시킬 때까지만 손을 잡는 거다. 만약 중간에 배신을 때리면 난 무조건 너희부터 공격한다. 알았지!"

"좋아! 우리도 마찬가지다. 형네가 배신을 하면 우린 바로 재성이 형과 편먹고 형 바로 공격할 거야!"

하몽도 김정국과 같은 생각으로 대답을 하였다.

이렇게 조금 전까지만 해도 쫓고 쫓기던 두 팀이 연합을 하고는 1위 팀인 유재성과 성지효, 그리고 수현을 찾아다니기 시작했다.

*　　　　　*　　　　　*

"아, 그런데 애들은 어딜 간 거야!"

수현과 만나 작전을 수립한 유재성과 성지효는 주변을 살피며 다른 팀들을 찾아 다녔다.

하지만 좀처럼 다른 팀들의 모습이 보이지 않았다.

"어?"

주변을 살피며 돌아다니던 중 성지효가 뭔가를 발견을 했는지 감탄성을 질렀다.

"왜, 뭐라도 발견했어?"

갑자기 탄성을 지르는 지효 때문에 깜짝 놀란 재성이 호들갑을 떨었다.

"아니, 저기 모래시계!"

성지효는 재성의 질문에 어느 한쪽을 손가락으로 가리키며 소리쳤다.

그런 지효의 이야기에 재성이 놀라 소리쳤다.

"뭐, 모래시계? 어디?"

재성은 너무 놀라 지효를 다그치며 물었다.

그러자 성지효는 그냥 자신이 모래시계를 발견한 곳으로 달려갔다.

"여기!"

"아! 누구 거야?"

"음, 캐리 건데!"

성지효가 발견한 모래시계의 주인이 캐리의 것이라 이야기 하자 재성은 주변을 두리번거리다 말을 하였다.

"그래? 그럼 이 주변에 하몽이네 팀원들 모래시계 있는 것 아냐?"

"아! 맞아! 그럴 수 있겠다. 오빠! 찾아보자!"

"응. 수현아, 너도 주변을 좀 찾아봐라!"

"알겠습니다."

수현은 재성의 지시에 대답을 하고 주변을 살피기 시작했다.

남들보다 뛰어난 시력이 있기에 흐릿한 가로등 불빛 아래였지만 수현의 눈에는 대낮이나 마찬가지였다.

"아, 여기 하몽이 형 모래시계가 있네요. 그리고 남윤미 씨 모래시계도 보입니다."

수현이 주변을 살피다 하몽과 남윤미의 모래시계를 발견하고 소리쳤다.

"앗! 나도 세찬이 모래시계 발견이다."

재성도 하몽의 팀원인 장세찬의 모래시계를 발견했다.

"여기 다 있었네!"

하몽의 팀원들 모래시계 네 개를 모두 발견한 재성과 지효 그리고 수현은 그것들을 어떻게 할까 고민을 하였다.

원래 다른 팀들의 모래시계를 발견하면 발견한 사람의 선택에 따라 모래시계를 교체할 수도 있다.

하지만 현재 발견을 한 사람들은 오늘 게임에서 가장 많은 시간을 획득한 1등 팀이었다.

그러니 꼴등 팀으로 시간이 얼마 남지 않은 하몽의 팀원들 모래시계와 교환을 할 아무런 메리트가 없었다.

"굳이 바꿀 필요도 없는데 그냥 두자!"

재성은 별다른 메리트가 없다는 판단에 그냥 놔두자고 했다.

하지만 수현은 잠시 고민을 하다 뭔가 번뜩이는 아이디어가 생각났다.

"형! 그러지 말고 우리 이거 가지고 다니다 정국이 형네 모래시계 발견하면 바꿔치기하죠."

"응? 그게 무슨 소리야?"

수현의 제안에 잘 이해가 가지 않은 재성은 눈을 깜빡이며 물었다.

그런 재성의 물음에 수현은 자신의 생각을 들려주었다.

"그러니까 제 말은 우리들 것과 바꿔봐야 별로 좋을 것이 없지만, 만약 정국이 형네 팀원들 것과 바꿔치기하면 어떻겠어요?"

재성의 질문에 수현은 다시 한 번 같은 이야기를 또 하였다.

그러자 눈을 깜빡이던 재성이 뭔가 생각이 났는지 손뼉을 쳤다.

짝!

"아! 그런 수가 있었구나!"

"뭔데?"

재성이 수현의 이야기를 이해하고 손뼉까지 치며 놀라워하자 그동안 가만히 지켜보던 지효가 물었다.

"그러니까 수현이 이야기는……."

지효의 질문에 수현이 아닌 재성이 나서서 설명을 해주

었다.

"아! 정말 어떻게 그런 기막힌 생각을 했어?"

성지효는 재성에게서 설명을 듣고 정말로 깜짝 놀랐다.

아무리 재성이 보기보다 힘이 좋고 자신이 빠르다고 해도, 런닝맨에서 능력자 또는 괴물이라 불리는 김정국 한 명을 당해내기 힘들었다.

그런데 김정국 한 명도 아니고 저쪽은 분명 연합을 했을 것이 분명한데, 이대로 게임을 진행하다가는 자신들이 불리했다.

하지만 방금 전 수현의 작전으로 인해 변수가 발생하는데, 만약 자신들이 김정국의 팀원들 모래시계까지 발견을 해서 모래가 얼마 남지 않은 하몽의 팀원들 것과 바꿔치기를 한다면 어려운 상대를 일찍 탈락시킬 수 있지 않겠는가. 더욱이 시간이 하몽의 팀보다 여유가 있다고 방심을 한 상태에서 타임 오버가 된다면 어떤 생각이 들지 보지 않아도 눈에 선했다.

"좋아 얼른 모래시계 챙겨!"

재성이 결심을 내린 듯 수현과 성지효에게 지시했다.

"알았어!"

성지효가 먼저 하몽의 팀원들 모래시계를 챙겼다.

이들은 한두 개의 모래시계를 챙겨 다시 이동을 하기 시작했다.

＊　　　＊　　　＊

"정국이 형! 정말로 배신하기 없기다."

함께 연합을 하여 유재성의 팀을 먼저 탈락시키자고 약속을 했던 하몽은 함께 유재성의 팀을 찾아다니며 계속해서 김정국을 돌아보며 이야기를 하였다.

"아, 쫌!"

하지만 좋은 이야기도 한두 번이지, 걸을 때마다 같은 이야기를 반복하니 점점 스트레스가 쌓여가는 정국이었다.

"어? 저기 수현이다."

막 광장으로 나오던 중 저 멀리 골목으로 들어가는 수현의 뒷모습을 보게 된 남윤미가 소리쳤다.

"어디?"

남윤미의 외치는 소리에 함께 걸으며 유재성의 팀원들을 찾던 김정국과 하몽이 남윤미에게 다가와 물었다.

"방금 전 저기 끝에 있는 골목으로 들어가는 모습을 봤어요."

자신에게 모두의 시선이 쏠리자 남윤미는 조심스럽게 대답을 하였다.

"얼른 쫓아가자!"

누가 먼저라고 할 것도 없이 두 팀은 일제히 수현이 사라진 골목으로 달려갔다.

＊　　　　＊　　　　＊

한편 다른 팀들을 찾아다니던 유재성의 팀은 다른 팀들의 모습이 코빼기도 보이지 않자 의아해 하였다.

"와, 진짜 얘들 다 어디 간 거야! 하몽이네 팀 오버될 시간 다 되어 가는데, 하나도 보이지 않네!"

"그러게 말이에요."

재성과 지효는 만담을 하듯 이야기를 주거니 받거니 하며 주변을 살폈다.

수현은 뒤쪽에서 많은 사람들이 떠드는 소리를 들었다.

많이 익숙한 목소리고 결정적으로 한국말을 하면서 걸어오는 소리를 어렴풋이 들은 것이다.

그래서 주변을 살피는 척하면서 살짝 뒤를 돌아보았는데, 저 멀리서 김정국의 팀과 하몽의 팀원들이 함께 걸어오는 것을 확인하였다.

"형!"

"응, 왜 불러?"

재성은 갑자기 낮은 목소리로 자신을 부르는 수현의 부름에 자신도 모르게 낮은 목소리로 대답을 하였다.

"뒤돌아보지 마시고 그냥 걸으면서 들으세요."

수현은 방금 전 자신이 확인한 것을 이 두 사람에게 들려주었다.

"뒤쪽에서 정국이 형네하고 하몽이 형네하고 함께 다가오고 있어요."

"정말?"

"예, 어! 우릴 발견했나 봐요."

"어떻게 해?"

자신들을 발견한 것 같다는 수현의 말에 지효가 걱정스러운 듯 물었다.

"일단 숫자에서 밀리니 일단 도망치죠."

"그래, 일단 뛰어!"

재성도 일단 도망을 치자는 수현의 말에 찬성을 하며 달리기 시작했다.

그런데 저 뒤에서 고함소리가 들리기 시작하는 것이 아닌가?

"서라!"

이강수의 목소리였다.

"하하하! 너라면 서겠냐!"

도망을 치면서도 뒤쪽에서 이강수가 고함을 지르는 것을 듣고는 재성이 뒤를 돌아보며 그렇게 소리쳤다.

"재성이 형! 이대로는 안 되겠어요. 형하고 지효 누나는 쭉 앞으로 가세요. 전 여기서 적당히 저들을 유인해서 다른 쪽으로 달아날게요."

수현은 뒤를 보면서 자신들을 쫓은 김정국과 하몽의 팀원들 간의 거리를 가늠해 보며 말했다.

자신이야 충분히 도망을 칠 수 있을 것 같았지만, 여자인 성지효는 금방 지쳐 잡힐 것 같았기 때문이다.

"그래, 그럼 쟤들 따돌리면 아까 광장에 있던 동상 앞에서 만나자!"

"네 알겠습니다. 어서 가세요."

"조심해라!"

먼저 떠나는 유재성은 뒤에 남은 수현에게 조심하라는 당부를 하고 달려갔다.

"네! 있다 봐요."

달려가는 재성의 뒤로 당부를 하고 수현은 잠시 그 자리에서 자신들에게 달려오는 이들을 쳐다보았다.

어느 정도 거리가 좁혀지자 수현은 조금 떨어진 골목으로 달렸다.

한편 수현의 모습을 보고 추적을 하던 김정국과 일행들은 저 멀리 유재성과 지효, 그리고 수현이 머뭇거리는 모습을 보고 더욱 힘을 내어 달렸다.

그러다 유재성과 성지효가 저 멀리 달아나고, 수현은 그들과 헤어져 다른 쪽으로 달아나자 잠시 갈등을 하였다.

"누굴 쫓아가지?"

김정국이 골목으로 들어간 수현을 잡을 것인지, 아니면 저 멀리 송지효와 도망치는 유재성을 쫓아갈지 고민을 할 때, 옆에서 달리던 하몽이 말했다.

"우리가 재성이 형 쪽 쫓아갈 테니 종국이 형은 수현이 따라가!"

"알았다."

달리면서도 의견을 나눈 두 사람은 그렇게 각자 팀원들과 함께 유재성과 수현이 도망간 방향으로 달려갔다.

그런데 골목으로 들어간 수현은 지금까지와는 다르게 조금 더 다리에 힘을 주어 속도를 냈다.

그 때문에 수현을 찍기 위해 따라다니던 카메라맨은 점점 버거워 수현을 찍는 것이 힘들어졌다.

무거운 카메라를 들고 뛰다보니 그러한 것이다.

하지만 수현은 일단 게임에서 이기기 위해서 카메라맨이 힘들어하는 것을 무시하고 조금 더 속도를 냈다.

그래서 그런지 결국 수현의 전담 카메라맨은 수현을 놓치고 말았다.

"헉! 헉! 와, 나도…… 후우! 체력이라면 어디 꿀리지 않는데, 대단하다."

결국 전담 연예인을 놓친 카메라맨은 수현의 체력에 놀라워하며 중얼거렸다.

그것이 카메라에 달린 마이크에 그대로 담기고 말았다.

하지만 그때까지도 카메라맨은 자신이 어떤 실수를 했는지 알지 못했다.

한편 자신의 전담 카메라맨까지 따돌리며 달리던 수현은 골목이 보이자 그곳으로 들어갔다.

그렇지만 수현은 금방 다시 나왔다.

골목이 다른 길로 연결이 되었을 것이라고 생각하고 들어갔는데, 그 골목은 막다른 골목이었기 때문이다.

원래 수현의 계획은 골목 코너를 돌아 자신을 뒤쫓는 이들의 뒤를 잡으려고 일부러 속력을 내 전담 카메라맨까지 따돌렸던 것인데, 정작 그 길이 막다른 길이어서 되돌아 나오는 것이다.

"허억! 허억! 좀 천천히 가주세요."

다시 나타난 수현을 보며 카메라맨이 부탁의 말을 하였다.

"어? 수현이다."

수현의 뒤를 쫓던 정국과 이강수 그리고 이기준은 수현이 보이지 않아 달리던 것을 멈추고 천천히 걷고 있었는데, 갑자기 골목에서 수현이 나타나자 깜짝 놀라 소리쳤다.

"잡아!"

이기준이 수현을 발견하고 소리치자 정국이 그를 붙잡으라고 소리쳤다.

"와!"

정국의 고함에 이강수는 함성을 지르며 수현에게 달려갔다.

그리고 그 뒤를 이어 이기준과 김정국도 달려들었다.

하지만 자신을 향해 달려드는 세 사람을 보면서도 수현은 전혀 당황하지 않았다.

침착하게 자신을 향해 달려오는 사람들의 간격을 가늠하였다.

'일단 선두로 달려오는 이강수와 기준과 정국이 형님의 거리가 좀 떨어졌네!'

수현의 눈에 선두에 있는 이강수와 그 뒤를 따르는 김정국과 이기준 간의 거리가 제법 있다는 것을 깨달았다.

수현은 머릿속으로 빠르게 계산을 하였다.

'우선 강수를 떨어뜨린다.'

자신에게 접근하는 이강수의 모습을 머릿속으로 시뮬레이션을 하면서 살짝 도망치듯 뒤로 물러났다.

그러자 이강수는 더욱 속도를 내며 달려들었다.

그런 이강수의 모습에 수현은 태권도의 사이드 스텝을 밟으면서 이강수의 공격을 회피하고는 그의 겨드랑이를 지나 등에 붙이고 있는 이름표를 붙잡았다.

찌익!

너무도 자연스럽게 물이 바위를 스치고 지나가듯 흝고 지나면서 이름표를 붙잡았기에 오히려 힘도 들이지 않고 이강수의 이름표를 뗄 수 있었다.

"어어!"

너무도 자연스럽게 자신의 이름표가 뜯기는 모습을 본 이강수는 너무도 놀라 할 말을 잃었다.

하지만 상황은 끝난 것이 아니었다.

이강수의 뒤에서 이기준과 김정국이 달려들고 있었기에 이번에 수현은 뒤도 돌아보지 않고 방금 전 나왔던 골목으로 들어갔다.

분명 막다른 골목이었지만 수현은 뭔가 계획이 있는지 그곳으로 들어갔다.

수현이 골목 안으로 도망을 치자 김정국과 이기준은 방금 전 이름표를 떼인 이강수를 스치고 지나갔다.

그리고 두 사람이 이강수를 지나치기 무섭게 언제 나타났는지 검은 양복을 입은 사람들이 마치 저승사자마냥 이강수의 양팔을 붙잡아 어디론가 데려갔다.

— 이강수, 이강수 탈락! 이강수 탈락!

스피커에서 이강수의 탈락이 전파가 되었다.

수현이 그것을 뒤로하고 적당한 속도로 막다른 골목길로 접어들 때, 이번에는 그리 속도를 내지 않았기에 놓치지 않고 따라붙은 수현의 전담 카메라맨은 이 모습을 찍으며 의아한 표정을 지었다.

그의 눈에 지금 들어온 길이 막다른 골목이란 것을 깨달

앉기 때문이다.

'왜 막다른 골목으로 들어온 것이지? 실수를 한 것인가?'

2대 1이면 불리한 싸움이었다.

더욱이 상대편에는 능력자 김정국이 있지 않은가? 그럼에도 카메라에 비친 수현의 얼굴에는 전혀 초조한 기색이 없어 의아한 생각이 들었다.

'뭔가 있다.'

카메라맨은 직감적으로 수현에게 뭔가가 있다는 느낌을 받았다.

그렇게 카메라맨이 뭔가 알 수 없는 직감에 눈을 반짝이고 잇을 때, 김정국과 이기준도 골목으로 접어들었다.

그들도 그제야 수현이 들어간 골목이 막다른 길이란 것을 확인했다.

"수현아! 이제 그만 포기해라!"

정국은 가수 후배인 수현에게 방긋 미소를 지어 보이며 소리쳤다.

"수현이 형! 포기하세요."

이기준은 비록 자신이 먼저 데뷔를 했고 또 드라마나 인지도 측면에서 수현보다 더 높았지만 나이가 많은 수현에게 함부로 하지 않고 형으로 대우를 해주고 있었다.

"하하, 그럴 수야 있나요."

수현은 두 사람이 자신에게 포기를 종용하자 웃으며 맞받아 쳤다.

그런 수현의 모습에 정국과 기준은 서로를 쳐다보다 수현에게 달려들었다.

두 사람이 자신에게 달려들자 수현은 뒤돌아 달리기 시작했다.

막다른 길이었지만 무엇 때문이지 속도를 줄이지 않고 달렸다.

그런 수현의 모습에 김정국과 이기준 두 사람도 속도를 내며 달렸다.

그런데 이곳 막다른 골목에서 한 편의 영화가 나올 것이라고는 수현을 빼고 어느 누구도 상상하지 못했다.

다다닥!

김정국과 이기준의 손이 거의 수현의 등에 한 뼘까지 다다랐을 때, 수현이 갑자기 속도를 내더니 막다른 길의 담벼락을 밟고 공중으로 점프를 하였다.

그러면서 허리를 틀어 텀블링을 하는 것이 아닌가?

"어어?"

"어?"

조금만 더 하면 수현의 등에 붙은 이름표를 뗄 수 있었는데, 갑자기 목표가 사라지자 두 사람이 새된 비명을 질렀다.

찌이익!

찍익!

동시에 등 뒤에서 이름표가 뜯기는 소리가 들렸다.

그에 깜짝 놀란 정국과 이기준이 뒤를 돌아보니 수현의 양손에 두 사람의 이름표가 들려 있는 것이 아닌가.

"너 뭐냐?"

"헐! 형, 뭐예요?"

김정국과 이기준은 너무도 놀라 동시에 소리쳤다.

'정말 저 사람 뭐야!'

방금 전 극적인 장면을 카메라에 담은 카메라맨은 너무 놀라운 장면을 두 눈으로 확인하자 도저히 수현이 인간처럼 보이지 않았다.

마치 우주인이 무중력 상태에서 유영을 하듯 공중에서 텀블링을 하고 그 상태에서 중심도 잡기 어려웠을 텐데 양손으로 김정국과 이기준의 등에 붙어 있던 이름표를 뗀 것이다.

"하하! 再見(잘가요)!"

이름표가 뜯긴 두 사람을 보며 수현은 안녕히 가시라는 중국어 인사를 하며 손을 흔들고는 빠르게 골목을 빠져나갔다.

그런 수현의 모습에 김정국과 이기준은 할 말을 잃었다.

두 사람도 방금 전 수현이 한 중국어 정도는 알고 있었다.

"저, 저… 우리 놀린 것 맞지?"

촬영을 하면서 친해진 두 사람은 서로 말을 텄지만 방송 중에는 서로 존칭을 했었다.

하지만 방금 전 너무도 충격적인 일을 당해서 그런지 김정국은 지금 촬영 중임을 잊고 이기준에게 반말을 하였다.

"그런 것 같은데요."

김정국과는 나이 차이 때문에 편하게 대답을 한다고 해도 이기준은 존칭을 쓸 수밖에 없었다.

"뭐, 뭐야!"

두 사람이 방금 전 수현에게 당한 것에 아직 정신을 치리지 못하는 사이. 언제 다가왔는지 저승사자와도 같은 검은 정장의 사내들이 나타나 이들의 양팔을 붙잡고 어디론가 데려갔다.

Chapter 7

일본 진출

— 이강수, 이강수 탈락! 이강수 탈락!

— 김정국, 이기준 탈락! 김정국, 이기준 탈락!

"뭐, 뭐야!"

"어? 이게 어떻게 된 일이야!"

한창 자신들을 보고 도망친 유재성과 성지효를 잡기 위해 뒤를 쫓던 하몽과 캐리는 달리던 것을 중단하고 스피커에서 울린 김정국, 이강수, 이기준 팀의 전원 탈락 소식에 깜짝 놀랐다.

그리고 그건 조금 전 수현과 헤어져 도망을 치던 유재성,

성지효 두 사람도 마찬가지였다.

"오빠! 어떻게 된 거죠?"

"그러게 말이다. 나도 모르겠다. 일단 약속 장소로 가보자!"

"그래요. 어서 가봐요."

헤어지기 전 수현과 어디서 만날 것인지 약속을 하고 헤어졌었기에 두 사람은 궁금증을 뒤로하고 일단 약속 장소인 광장으로 가기로 하였다.

일단 도망을 칠 때, 광장과 반대 방향으로 달렸으니, 골목길을 돌아가야 했기에 서둘러 움직였다.

*　　　*　　　*

"형! 누나! 여기예요."

김정국 팀원들을 모두 탈락시킨 수현은 유재성과 성지효보단 약속 장소인 광장과 가까이 있었기에 먼저 도착해서 두 사람을 기다리고 있었다.

"수현아! 어떻게 된 거야?"

유재성은 수현을 보자마자 다짜고짜 조금 전 상황에 대해 물었다.

그의 상식으로는 세 명이나 되는 김정국의 팀을 한 번에 탈락을 시킨 것이 이해가 가지 않았기 때문이다.

더욱이 런인맨에서 능력자 또는 괴물이라 불리는 힘의 상징인 김정국이지 않은가. 비록 수현이 타 방송사에서 주관하는 야외 예능 프로그램에서 그 능력을 유감없이 발휘를 하였다고 하지만 김정국은 대한민국 국민들이 모두 인정하는 힘짱 스타다.

유재성은 전문 트레이너나 스포츠 스타들 빼고 연예인으로서 김정국을 능가하는, 아니 비슷한 힘을 가진 연예인조차 보지 못했다.

그러니 당연히 들 수밖에 없는 의문이었다.

그리고 그건 유재성과 함께 움직였던 성지효 또한 마찬가지였다.

그래서 그런지 성지효는 재성이 수현에게 궁금증을 물러보자 두 눈을 반짝이며 수현의 대답을 기다렸다.

"별거 아니에요. 인원이 많다고 방심을 하고 제게 달려들기에 앞에서 달려오던 강수 형의 이름표를 먼저 뜯어내고, 정국이 형과 이기준 씨가 함께 덤비기에 그것을 피해 뒤로 돌아가 이름표를 확보한 것뿐이에요."

수현은 별거 아니라는 듯 담담히 설명을 하였다.

하지만 이를 듣고 있는 두 사람은 그렇지 못했다.

"그게 정말이에요? 이렇게 간단하게 세 명을 한꺼번에 탈락을 시켰다는 것이?"

도저히 수현의 말을 믿을 수 없었던 유재성을 수현의 전담 카메라맨을 돌아보며 물었다.

하지만 카메라맨은 아무런 말을 하지 않았다.

런인맨은 출연자들이 주인공이지 촬영 스텝을 찍는 프로가 아니다.

물론 출연자들을 찍다보면 런인맨의 특성상 스텝이 가끔 카메라 앵글에 잡힐 때도 있었다.

그렇지만 중요한 것은 그런 것이 아니다.

역동적으로 움직이는 출연자들의 모습과 그들의 호흡을 담아내는 것이 중요한 것이다.

그렇게 담긴 출연자들의 모습을 촬영하다 보면, 원치 않게 스텝들의 목소리도 오디오에 담길 수 있지만, 원칙적으로 그건 NG다.

촬영 후 편집 과정에서 그러한 것들은 모두 잘려 편집이 된다.

그러니 굳이 필름을 버려가면서까지 스텝들이 출연자들의 질문에 대답을 할 필요가 없는 것이다.

굳이 두 번 일을 할 이유가 없기 때문이다.

다만 유재성의 질문을 받은 카메라맨은 수현의 이야기가 맞지 않다는 듯 카메라 앵글을 좌우로 흔들었다.

"봐! 아니라잖아! 어떻게 된 거야!"

재성은 수현의 담당 카메라맨의 사인을 캐치하고 그렇게 수현에게 재차 질문을 하였다.

"아, 왜 그러세요. 정말로 제가 설명한 그대로예요. 정국이 형네가 방심을 해서 전 그것을 이용해 이름표를 뗀 것뿐이에요."

수현은 재성의 거듭된 질문에 자신은 그냥 그들이 방심한 것을 이용한 것뿐이라고 대답을 할 뿐이다.

"어유, 알았다. 나중에 방송을 보면 되지."

"맞아요. 나중에 방송 나갔을 때 보면 되는 것이죠. 하지만 궁금해 미치겠어요. 어떻게 정국 오빠와 강수, 그리고 이기준 씨까지 세 명을 한 번에 탈락을 시킬 수 있었는지……."

수현이 더 이상 이야기를 하려 하지 않으려는 것을 깨달은 유재성이 포기를 하자, 성지효 역시 고개를 끄덕이며 일단 넘어가기로 했다.

하지만 끝에는 궁금해 죽겠다는 듯 수현을 한 번 더 쳐다보았다.

그리고 그러한 장면은 고스란히 그들을 찍는 카메라에 담겼다.

'이번 대만 촬영은 대박이다.'

조금 전 수현을 따라 다니며 찍었던 카메라맨은 이들의 모습을 카메라에 담으며 생각했다.

유명 스타들을 특별 게스트로 초대를 한다고 해서 좋은 그림만 나오는 것은 아니다.

그들이 성심성의 것 런인맨의 촬영에 임해도 많은 장면이 방송에 부적합할 때도 많았다.

그런데 이번 촬영은 비록 타 방송사에 방영되는 드라마의 출연자들을 섭외하기는 했지만 카메라맨은 알 수 있었다.

그 어느 때보다 더 제대로 된 영상이 카메라에 찍혔다는 것을 말이다.

그리고 그런 장면을 자신이 찍었다는 것에 저도 모르게 가슴이 두근거리는 카메라맨이었다.

"이제 하몽이네만 남았네!"

"그러게, 너무 뛰어 다녀서 힘든데, 그냥 우리 천천히 도망 다니며 시간을 보낼까?"

성지효는 조금 전 김정국과 하몽의 팀이 연합을 하여 자신들을 쫓아오는 것을 피해 도망을 치는 바람에 너무 지쳤다.

그래서 하몽의 팀 최대 약점인 시간을 이용하자는 의견을 냈다.

"그게 편하기는 하지만, 시청자분들이 보시기에 어떻겠냐?"

본인도 힘들어 성지효의 의견에 동조를 하면서도 자신들을 응원하는 팬들을 위해선 그런 모습을 보여선 안 될 것이란 생각에 유재성은 주저앉으려는 성지효를 달랬다.

"맞아요. 힘드시면 굳이 찾아다니지 말고 여기 광장 중앙

에서 하몽이 형네를 기다리죠. 우리가 급할 것은 없잖아요?"

수현은 대화를 하는 두 사람을 보며 적당히 타협점을 찾아 그렇게 이야기 하였다.

재성은 지효와 이야기하던 중 수현의 의견에 고개를 끄덕였다.

"그래, 우리가 급할 것은 없지. 지효야! 우리 더 돌아다니지 말고 여기서 기다리자!"

"알았어요. 휴!"

정말로 조금 전에는 도망치는 것이 급해 인지하지 못했지만, 긴장이 조금 풀리니 다리에 힘이 살짝 풀렸다.

"저기 의자 있으니 앉아서 기다리죠."

수현은 공원에 마련된 벤치를 발견하고 이야기 하였다.

그가 보기에도 성지효가 많이 지쳐보였던 것이다.

세 사람은 그렇게 공원 가운데 있는 벤치로 가서 쉬면서 하몽의 팀이 오기를 기다렸다.

한편 하몽의 팀원들은 지금 난리가 났다.

비록 세 명이라고 하지만 자신들 전체와 비슷한 전력을 가진 김정국의 팀이 유재성의 팀원 중 한 명인 수현을 따라 갔다가 모두 탈락을 했다.

어떻게 된 일인지 짐작이 가지 않았기에 더욱 의아하게 생각이 되면서 자꾸만 의문이 떠올랐다.

'어떻게 그 세 명을 탈락시킬 수 있었을까?'

이 문제는 너무도 중요한 문제였다.

막말로 혼자서 세 명을 감당할 수 있다면 유재성의 팀은 세 명이 아니라 다섯 명이라고 봐도 무방하기 때문이다.

김정국의 팀을 상대했듯 수현이 자신들 중 세 명을 막고 있기만 해도, 남은 두 명이 혼자 남은 자신들 중 한 명을 탈락시키고 합류를 하면 너무도 쉽게 끝난다.

하몽은 아무리 머리를 굴려 봐도 여기서 대책이 나오지 않았다.

"어?"

"재성이 형네다."

도망친 유재성과 성지효의 추격을 포기하고 광장으로 걸어오던 중 광장 중앙에서 쉬고 있는 유재성과 성지효 그리고 수현의 모습을 발견했다.

*　　　*　　　*

"컷! 굿! 좋았어!"

감독의 컷! 소리에 연기자들의 움직임이 멈췄다.

그리고 잠시 감독의 반응을 기다리던 중 굿! 이라는 말이 떨어지자 긴장했던 표정을 풀고 환호를 하였다.

"와!"

연기자들은 물론이고 촬영 스텝들도 일제히 환호를 보냈는데, 그 이유는 바로 길었던 촬영이 끝났기 때문이다.

물론 모든 촬영이 끝난 것은 아니고 오늘 촬영이 끝난 것이다.

이제 숙소로 돌아가 쉴 수 있다는 생각에 연기자는 물론이고 촬영 스텝들도 기쁨을 밖으로 표출한 것이었다.

"수고하셨습니다."

수현은 촬영이 끝나자 함께 연기를 했던 연기자들은 물론이고, 감독과 스텝들에게도 일일이 찾아다니며 인사를 하였다.

그도 그럴 것이 조연인 수현의 촬영은 오늘로서 끝이 났기 때문이다.

보디가드로서 자신이 보호해야 하는 아가씨를 지키고 또 그녀가 사랑하는 남자를 대신해 죽는 장면을 오늘 촬영을 마쳤다.

16부작으로 계획된 울프독에서 수현이 맡은 보디가드 첸은 14화에서 죽음을 맞이한다.

그리고 오늘 그 촬영을 끝냈다.

그러니 더 이상 수현이 이곳에 남아 있을 이유가 없었다.

더군다나 수현이 소속된 로열 가드의 후반기 활동을 위해선 한국으로 돌아가 연습을 해야 했다.

그래서 마지막 촬영을 마치고 일일이 인사를 하는 것

이다.

"수현 씨, 수고했어!"

"수고하셨습니다, 선생님!"

수현은 마지막으로 휴게실에서 쉬고 있던 최진성에게 찾아가 인사를 하였다.

사실 오늘 촬영에서 최진성은 촬영이 잡혀 있지도 않았다.

그렇지만 연기 베테랑인 그는 해외 촬영의 힘든 점을 알고 있었기에 출연진은 물론이고 촬영 스텝도 한 가족이라는 의식을 높이기 위해 자신의 출연이 없음에도 불구하고 촬영장에 나와 함께했다.

조금 전까지도 휴게실이 아닌 촬영장에 함께했다가 촬영이 너무 늦어지자 나이 때문에 체력이 따라가지 못해 휴게실에 들어와 쉬고 있었던 것인데, 촬영이 끝나자 수현이 찾아온 것이다.

"그래, 오늘 돌아간다고?"

최진성은 수현의 촬영이 모두 끝나고 한국으로 돌아간다는 이야기를 들어 그것을 이야기하는 것이다.

"예, 제가 소속된 그룹이 다음 달에 다시 활동을 시작하거든요."

수현은 먼저 귀국하는 것이 미안해 고개를 숙이며 대답을 하였다.

"그래, 고생했어! 쫑파티에는 올 거지?"

"물론이죠. 당연히 가야죠."

수현은 드라마 쫑파티에 올 것이냐는 최진성의 물음에 당연히 가겠다는 대답을 하였다.

물론 그 약속이 지켜질지는 현재로서는 알 수가 없었다.

비록 컴백 전이라고는 하지만 연예인의 스케줄이 그리 한가한 것은 아니기 때문이다.

"그래, 들어가 봐! 그리고 정말로 수고 많았다."

최진성은 수현과 작별 인사를 하면서 진심이 담긴 인사를 해주었다.

사실 그는 처음 아이돌 출신이 자신이 출연하는 드라마에 포함이 된다는 것에 안 좋은 생각을 했었다.

한때 대한민국을 뒤흔들던 청춘스타였던 그다.

드라마와 스크린을 종횡무진하며 활약을 하던 그도 나이가 들면서 자리에서 물러나야만 했다.

그러면서 많은 사람들을 겪었다.

그중에는 아이돌 스타라고 하는 이들도 있었다.

하지만 그들은 인기에 비해 연기력은 정말로 형편이 없었다.

그 때문에 좋은 영화나 드라마가 그들로 인해 망가지는 것을 본 것이 한두 번이 아니다.

그러니 그가 처음 수현이 울프독에 참여를 한다고 했을

때, 어떤 생각을 했겠는가. 자신이 오랜만에 출연을 결심한 작품인 이 드라마가 망가지는 것은 아닌가 우려를 하는 것은 당연했다.

하지만 수현과 함께 촬영을 하면서 그러한 생각은 깨끗이 지워졌다.

연기가 처음이라고 들었는데, 수현의 연기를 보면서 최진성은 수현의 연기가 절대 초보의, 연기에 대해 아무것도 모르는 아이돌의 연기가 아니란 것을 알게 되었다.

물론 부족한 점이 아예 없는 것은 아니었다.

하지만 그건 연기 경력이 인생의 반을 넘은 자신의 기준이었지, 이제 겨우 연기 인생의 출발점에 선 이의 연기는 아니었다.

아니, 오히려 주연을 맡은 남녀 주인공보다 수현의 연기가 더 돋보였다.

그 때문에 원래 이곳 대만에서의 해외 촬영 기간을 보름 잡고 왔는데, 신인 배우인 수현이 NG를 별로 내지 않아 촬영이 단축될 예정이다.

울프독의 감독인 문석환 PD는 단축된 기간만큼 이곳에서 관광을 하고 돌아가겠다고 할 정도였다.

어차피 일찍 돌아간다고 좋아하는 것은 제작자와 방송국뿐이다.

해외 촬영에 들어가는 비용이 줄어든 탓이다.

 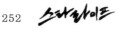

그래서 문석환 PD는 굳이 남는 예산을 제작자에게 돌려주기보단 고생한 출연자들과 자신들이 사용하겠다는 생각이다.

그렇다고 누가 문석환 PD에게 뭐라 할 사람은 아무도 없었다.

그것이 제작에 자금을 대는 제작자라고 해도 말이다.

그러니 최진성이나 울프독에 참여하는 모든 출연진과 스텝들 모두 수현을 아이돌이라 색안경을 쓰고 보는 사람은 지금에 와서는 아무도 없었다.

"그럼 그때 뵙겠습니다."

"그래! 들어가!"

마지막으로 최진성과 인사를 마친 수현은 휴게실을 빠져나왔다.

"수현아! 인사 다 드렸냐?"

언제 왔는지 전창걸 실장이 다가와 물었다.

한국에 있던 그가 오늘 아침에 대만으로 왔다.

원래 계획은 수현의 촬영이 끝나면 바로 한국으로 데려가기 위해 미리 온 것인데, 생각보다 수현의 촬영이 일찍 끝나게 되어 오늘 도착했는데, 다시 한국으로 돌아가야 했다.

"네, 모두 인사드렸습니다. 이제 출발하기만 하면 됩니다."

"그래? 그럼 어서 가자!"

그렇게 오늘 촬영이 끝나 현장을 정리하는 스텝들을 뒤로 하고 수현은 울프독의 촬영장을 떠났다.

*　　　　*　　　　*

쿵쿵짝! 쿵쿵짝!

음악 소리가 실내를 울려 퍼지고, 안에 있는 사람들은 그 음악에 맞춰 춤을 추고 있었다.

쿵! 쿵!

"하아! 하아!"

음악에 맞춰 춤을 추는 사람들의 입에선 단내가 날 정도로 온몸에 땀을 흠뻑 적시고 있다.

팡!

실내를 울리던 음악이 멈추고 그에 맞춰 춤을 추던 사람들도 마지막 포즈를 취하며 움직이던 것을 멈췄다.

짝짝짝!

"수고했다. 오늘은 이것으로 연습을 마치고, 수현이는 사장님께 가봐라!"

로열 가드의 전담 매니저인 전창걸은 로열 가드의 연습이 끝나기 무섭게 더 연습을 하려는 그들을 멈추게 하는 오늘 연습이 끝났음을 알렸다.

"네, 알겠습니다."

"아우, 힘들어!"

수현은 전창걸의 지시에 알겠다는 대답을 하고 샤워장으로 향했다.

킹덤 엔터에는 연습실이 있는 층 양쪽 끝에 샤워 시설이 되어 있는데, 그것은 샤워 시설을 이용하는 성별을 구별해 놓은 것이다.

보통은 시설 설치의 편의를 위해 한 곳에 위치해 있는 것이 보편적인데, 킹덤 엔터에서는 혹시나 있을지 모를 불미스러운 사고를 방지하기 위해 멀리 떨어뜨려 놓았다.

"너희, 다른 곳으로 빠질 생각 하지 말고, 컴백 얼마 남지 않았으니 바로 숙소로 들어가라!"

수현은 사장에게 불려가는 것이라 언제 이야기가 끝날지 모르니 다른 멤버들에게 그렇게 이야기를 하고 먼저 씻으러 샤워장으로 갔다.

*   *   *

똑! 똑!

"들어와요."

노크 소리에 이재명 사장은 들어오라는 말을 하였다.

이미 누가 올 것인지 알고 있기에 그러한 것이다.

"부르셨습니까?"

수현은 안으로 들어가며 인사를 하고는 단도직입적으로 물었다.

"그런데 무슨 일로 절 부르셨습니까?"

"응, 다름이 아니라 이번 후반기 활동은 국내보단 해외 활동을 위주로 할 계획인데, 네 생각은 어떤지 묻기 위해 불렀다."

이재명은 별거 아니란 듯 수현에게 후반기 활동에 대한 의견을 물었다.

원칙대로라면 굳이 이런 계획을 아이돌에게 물어보지 않겠지만, 수현은 일반적인 아이돌 가수가 아니었기 때문이다.

일단 킹덤 엔터에서 이재명 사장 다음으로 영향력이 있는 최유진의 스폰을 받고 있었고, 또 첫 출연작인 문화 TV의 수목 드라마 울프독의 흥행으로 인해 현재 수현의 주가는 아이돌 중에서 최고 정점을 찍은 상태다.

더욱이 대만 촬영 중, 참여한 STV의 예능 프로그램인 런인맨이 방송을 타면서 이젠 거의 신드롬이라 불릴 정도로 국내뿐만 아니라 해외에서도 수현을 찾는 이들이 많았다.

그러다 보니 국내 활동을 하는 것보단 해외 활동 위주로 로열 가드의 후반기 활동을 정하는 것이 어떤가 하는 의견이 사업기획부에서 올라왔다.

이재명 사장도 현재의 인지도라면 굳이 국내 활동 위주로 활동하는 것을 고집할 이유가 없다고 판단을 내렸다.

"해외 활동은 전에도 하던 것 아닌가요?"

수현은 이재명 사장의 물음에 의아한 표정으로 대답을 하였다.

그런 수현의 물음에 이재명 사장은 빙그레 미소를 지으며 조금 더 로열 가드의 활동에 대해 설명해 주었다.

"물론 그렇긴 하지만, 그전에는 너희가 주가 아닌 부수적인 존재로써 다른 그룹의 덕을 본 것이지, 하지만 방금 전 내가 한 이야기는 다른 그룹에 편승해 짧게 활동을 하는 것이 아니라 너희 단독으로 활동을 하는 것을 말하는 것이다."

이재명은 담담한 표정으로 수현에게 이야기를 하였고, 회사에서 자신들의 활동에 어떤 계획을 세워두었는지 설명을 듣고 깜짝 놀랐다.

"그게 정말입니까? 다른 그룹들과 함께 움직이는 것이 아니라 저희들만으로 해외 활동을 한다는 말이에요?"

도저히 믿기 힘든 이야기였기에 수현은 확인 차 물었다.

로열 가드가 인기 그룹이기는 하지만, 이제 데뷔한 지 1년이 된 신인 그룹이다.

해외 활동이라고 해도 기존 킹덤 엔터의 그룹이 해외 활동을 할 때, 부록으로 껴서 팔려가듯 활동을 하였다.

그것이 아니라면 방송사 사정으로 해외 촬영을 할 때나

외국에 나갔지, 방금 이재명 사장의 이야기처럼 로열 가드 위주로 활동을 한 적은 없었다.

그런데 지금 데뷔 3~4년 차는 되어야 나오는 해외 활동에 대한 이야기를 들었으니 얼마나 놀라운 일인가. 비록 처음 시작이 그냥 떠밀리듯 아이돌이 되고 연예인이 되었지만 현재 수현의 직업은 연예인이 맞았다.

더욱이 엄청난 인기를 얻으면서 예전에는 감히 상상도 하지 못할 정도로 돈도 벌었다.

"우리만으로 성공을 할 수 있을까요?"

수현은 순간 겁이 났다. 국내야 자신들의 안방이고 또 자신들을 좋아해 주는 팬들이 있으니 실수를 해도 커버가 된다.

하지만 외국은 어떨지 알 수가 없어 겁이 난 것이다.

"지금이 적기다. 더욱이 네가 출연한 드라마가 현재 중국과 일본 등 아시아권에서 상당한 인기를 얻고 있으니 해볼 만하지 않겠냐?"

이재명은 지금 수현이 무엇을 걱정하는지 알고 그의 부담을 덜어주기 위해 이야기를 하기 시작했다.

"더군다나 네가 런인맨에서 보여주었던 것 때문에 국내는 물론이고 해외에서도 지금 난리가 났다."

아닌 게 아니라 수현이 런인맨에서 보여주었던 인상 때문에 현재 킹덤 엔터로 문의가 들어오는 것이 상당했다.

특히 중국에서는 로열 가드의 활동도 활동이지만, 수현의 개인 스케줄 문의도 엄청나게 몰려들고 있다.

그도 그럴 것이 수현이 드라마 울프독에서 맡은 역할이 중국인 무술 고수가 아닌가. 거기에 중국인이라고 해도 믿을 정도로 극 중 수현이 하는 중국어는 네이티브, 즉 중국 토박이라고 해도 믿을 수 있을 정도로 완벽했다.

자국에 대한 자부심이 강한 중국인들이 자신들의 말을 완벽하게 하는 외국인을 좋아하는 것은 당연한 일이다.

더욱이 수현은 누가 봐도 잘생긴 미남이지 않은가. 그 때문에 수현의 중국 활동에 대한 문의가 상당했다.

하지만 중국 활동은 무척이나 신중하게 판단을 해야 한다.

대한민국처럼 작은 나라가 아니기에 중국은 각 성마다 규제가 조금씩 달라 계약을 잘못했다가는 자칫 낭패를 볼 수가 있었다.

실제로 국내 기획사 중 중국의 그러한 현지 사정을 잘 몰라 계약금은 계약금대로 날리고 활동도 제대로 하지 못해 오히려 중국에 진출을 하는 연예인의 이미지만 훼손되는 일이 몇 번 발생을 하였다.

그러한 사정을 알기에 로열 가드나 수현의 중국 활동에 대해선 신중하게 생각을 하고 있다.

하지만 구더기 무서워 장 못 담그랴, 라는 속담처럼 언젠가는 중국 활동도 해야 하겠지만, 우선적으로 가까운 일본 활동을 기획하였다.

다른 동남아 시장도 있겠지만 아시아에서 중국 다음으로 큰 시장이 바로 일본이다.

더욱이 중국처럼 위험하지도 않고 일본에서 반한류 움직임이 있기는 하지만, 그래도 한류가 아직도 통하고 있었다.

실제로 수현이 출연한 드라마가 점점 인기를 높여가는 것만 봐도 뉴스에 나오는 것보다 반한의 움직임은 크지 않다는 것이 사업기획본부의 판단이다.

그러니 로열 가드의 본격적인 해외 활동의 첫 국가로 일본을 선택한 것이다.

일본에서 성공을 한다면 다음 수순은 중국과 동남아 국가로 넓혀갈 계획이다.

"우선적으로 일본을 타깃으로 활동할 계획인데, 네 생각은 어떠냐?"

다시 한 번 운을 떼는 이재명 사장이다.

그런 이재명 사장의 질문에 수현은 신중하게 생각을 하였다.

실제로 그도 중국과 일본에 방영되고 있는 울프독의 인기를 들어 알고 있었다.

이런 중에 자신이 포함된 로열 가드가 해외 활동을 한다면 손해 볼 것이 없다는 생각이 들었다.

"그것도 좋을 것 같습니다. 그런데 울프독에서 제 역할은 주연이 아니라 주연들을 도와주는 조연인데, 그때까지 인기가 유지될까요?"

아닌 게 아니라 주연이 아닌 조연에 대한 인지도가 로열 가드가 해외 진출을 할 때까지 유지가 될까 하는 생각이 들었다.

하지만 이재명 사장은 그런 것에 그리 걱정하지 않았다.

현재 해외 반응이나 인지도는 수현이 생각하는 것보다 더 뜨거웠기 때문이다.

작년 노래 한두 곡을 부르고 들어갈 때도 로열 가드는 그 나라에서 무대 인사를 할 때나 공항에서 인터뷰를 할 때면 언제나 그 나라 말로 간단하게 인사도 하고, 또 인터뷰에서도 대체로 통역을 쓰기보단 본인들이 해결을 했다.

그러한 영향으로 로열 가드의 해외 팬들의 충성도는 다른 한류스타 이상으로 높았다.

"넌 그런 걱정 할 필요 없다. 그런 것은 우리가 걱정 할 것이고, 너희가 해야 할 것은 해외 진출에 실수 없도록 안무 연습이나 노래 연습을 하는 것뿐이다."

"알겠습니다. 그럼 그렇게 알고 저희도 준비를 하겠습니다."

"그래, 그럼 그렇게 알고 나가봐라!"

"네, 그럼 가보겠습니다."

수현은 인사를 하고 밖으로 나갔다.

＊　　　　＊　　　　＊

로열 가드의 후반기 컴백은 수현의 걱정과는 다르게 대성 공이었다.

아직 가시지 않은 울프독의 인기와 더불어 수현이 대만에 서 촬영한 런인맨에서 활약한 장면은 움짤로 만들어져 인터 넷상에 널리 퍼지면서 국내는 물론이고, 동남아시아를 넘어 유럽과 아메리카 대륙에까지 널리 퍼져 나갔다.

물론 일부에서는 수현의 놀라운 신체 능력으로 인해 만들 어진 영상을 카메라 조작으로 의심하는 사람들도 더러 있기 는 했지만, 로열 가드 데뷔 초 수현이 KTV의 도전! 드림 팀에서 활약하는 것을 기억하는 사람들은 런인맨에서의 활 약을 의심하지 않았다.

아니, 의심을 하지 않은 정도가 아니라 런인맨의 활약을 카메라 조작이라고 주장하는 이들에게 수현의 데뷔 초기 도 전! 드림팀에서 무결점의 활약을 했던 동영상을 보여주며 그들의 의심을 타파하는데 앞장섰다.

그러다 보니 양 진영 간 대립으로 오히려 로열 가드의 컴 백은 노이즈 마케팅이 되면서 더욱 이슈화 되었다.

그 때문에 로열 가드의 해외 진출은 더욱 탄력을 받아 순조롭게 진행이 되었다.

＊　　　＊　　　＊

흐릿한 조명, 자욱한 담배 연기가 가득한 실내 중국 최대 폭력조직인 삼합회의 한 조직인 죽련의 보스인 마오는 쇼파에 몸을 깊이 누이고 앞에 놓인 테이블에 발을 꼬아 올린 상태로 전면에 서 있는 부하들을 보았다.

한 손에는 불이 붙은 담배가 들려 있었는데, 그렇지 않아도 무거워 보이는 실내 분위기를 더욱 가라앉혔다.

"能看到他嗎(찾았나)?"

"是的(네)!"

"帶! 李玲(리링을 데려와라)!"

"是的(네)!"

"大哥, 帶來 李秀赫(두목님, 이수혁도 함께 데려올까요)?"

"不 那小子 黑龍江派交給(아니, 그놈은 흑룡파에게 넘겨줘)!"

"知道了(알겠습니다)."

죽련의 두목 마오는 자신의 딸인 리링의 애인인 수혁이 사실은 자신의 조직을 무너뜨리기 위해 잠입한 첩자란 사실을 알아냈다.

게다가 자신의 적대 세력인 흑룡강파가 자신의 딸과 한국의 국가정보원 요원인 이수혁이 함께 있다는 것을 알고 리링을 납치하기 위해 둘을 기습한다는 사실도 들었다.

사랑하는 딸을 위해서라면 무엇이라도 해줄 수 있지만, 자신을 기만한 이수혁을 용서할 수가 없었다.

그래서 마오는 흑룡강파의 기습에서 딸인 리링을 구해오면서 첩자인 이수혁은 그냥 미끼로 흑룡강파에 넘겨주라는 지시를 내렸다.

*   *   *

"수혁 씨! 당신이 기억을 찾았다는 것을 아버지께서도 알게 되었어요."

리링은 애인인 수혁을 보며 자신이 알아낸 정보를 그에게 알려주었다.

아직 애인인 수혁이 한국의 정보조직인 국가정보원 요원이라는 것을 알지 못하는 그녀는 그저 수혁이 뭔가 자신이 알지 못하는 비밀이 있다고만 생각을 하였다.

그래서 혹시나 수혁이 아버지에게 해코지를 당할까 걱정이 되어 그 사실을 알려준 것이다.

하지만 수혁에게는 해야 할 임무가 있었다.

국정원 요원이던 아버지께서 비명에 간 이유와 비밀을 알

아내야만 했다.

그리고 그 비밀은 리링의 아버지인 마오가 가지고 있었다.

수혁의 아버지는 국제 마약 조직이 국내에 들어오는 것을 막기 위해 해외에서 그들 조직에 들어가 잠입수사를 하던 도중, 국정원 내 배신자로 인해 정체가 발각되는 바람에 당시 조직의 중간 간부였던 마오에게 죽임을 당했다.

그러하였기에 수혁이 아버지의 죽음에 대해 파헤치다 국정원 내 배신자의 공격을 받아 부상을 당하고 연인인 리링에게 구함을 받는 과정에서 기억상실을 겪었다.

리링에게 구함을 받고 기억을 잃은 수혁은 리링과 함께 생활을 하면서 마오의 조직원으로 활동을 하였다.

그러한 이수혁으로 인해 국정원에서는 수혁이 배신을 했다고 판단을 하여 사살 명령을 내렸다.

다행히 친구인 강민기의 도움으로 위기를 넘기기는 했지만 큰 부상을 입게 되었다.

하지만 위기를 벗어나고 부상에서 회복되는 과정에서 기억을 되찾았다.

기억을 되찾은 수혁은 이 사실을 연인이자 생명의 은인인 리링에게 제일 먼저 알렸다.

그러면서 자신과 리링의 아버지인 마오와의 관계도 알리게 되었다.

그 때문에 연인과 아버지 사이에서 리링은 많은 갈등을 겪었다.

그렇지만 리링의 선택은 아버지가 아닌 애인인 이수혁이었다.

원래 아버지 없이 어머니와 살아왔던 리링은 폭력 조직의 두목인 아버지 때문에 어머니가 적대 세력에게 죽음을 당하는 것을 옆에서 지켜보았다.

어린아이일 때 겪었던 그 사건은 리링에게 크나큰 충격이자 트라우마였다.

비록 어머니가 돌아가시고 아버지 손에 어려움 없이 자랐지만, 아버지가 조직 폭력배였기 때문에 돌아가셨다는 생각에 어떻게 하든 아버지의 품에서 벗어나 독립을 하려고 노력을 하였다.

하지만 리링은 그런 아버지의 품에서 벗어나지 못했다.

아버지의 적들에게 자신의 존재가 발각이 되면서 계속해서 납치와 살해 위협을 겪으면서 결국 한국으로 도피를 했던 생활을 접고 중국으로 돌아가게 되었다.

그런데 한국을 떠나면서 이별이라 생각했던 애인 이수혁과 뜻하지 않은 재회를 하였다.

그리고 그가 큰 사고로 인해 기억을 잃었다는 것을 알게 되면서 더욱 지극정성으로 그를 돌봤다.

뿐만 아니라 이수혁이 기억을 되찾아 사실을 들려주었을

때 리링은 별로 놀라지 않았는데, 그 이유는 이수혁의 아버지를 그녀도 알고 있었기 때문이다.

어린 시절 자신을 무척이나 아껴주던 아저씨, 그가 바로 애인인 이수혁의 아버지였다.

그리고 이수혁의 아버지가 죽은 이유는 바로 그녀의 아버지 마오의 질투 때문이란 것을 잘 알고 있었다.

훤칠하고 잘생긴 이수혁의 아버지는 리링모녀가 어려울 때마다 도움을 주면서 그녀의 어머니와 무척이나 친하게 지냈다.

그런 모습을 아버지 마오가 알고 죽였다.

원래 수혁의 아버지는 그녀의 아버지보다 조직 안에서 더 높은 자리에 있었다.

그 때문에 함부로 손을 쓸 수 없었는데, 이수혁의 아버지의 정체를 누군가 알려주었다.

조직을 파멸시키기 위해 조직에 침투한 첩자란 사실을 알게 된 그녀의 아버지는 이를 조직 상급자에게 알리고 수혁의 아버지를 죽인 것이다.

그러면서 그 보상으로 이수혁의 아버지가 가지고 있는 자리를 넘겨받았다.

자신에게 친절했던 아저씨에 이어 애인인 수혁까지 아버지의 손에 죽게 할 수가 없는 리링은 수혁을 설득하여 한국으로 돌려보내려고 하였다.

"제발 저를 생각해서라도 한국으로 돌아가 주세요. 제발……."

리링은 간절한 소망을 담아 그렇게 수혁에게 부탁을 하였다.

"미안, 난 그럴 수 없어! 난 리링의 아버지에게 누가 아버지의 정체를 알려주었는지 꼭 들어야만 해!"

수혁은 리링의 부탁을 거절했다.

그에게는 꼭 해야만 하는 일이 있었다.

그것은 바로 불명예로 돌아가신 아버지의 죽음의 비밀을 파헤치는 것이다.

조직의 명령으로 중국의 마약 조직에 침투를 한 아버지다.

하지만 아버지가 비명에 가신 뒤 받은 것은 배신자라는 불명예였다.

국가를 위해 이바지해야 하는 국가공무원이 사리사욕을 위해 마약 조직과 손을 잡고 비리를 저질렀다는 것이다.

수혁은 절대로 아버지가 그럴 사람이 아니란 것을 누구보다 잘 알고 있었다.

국가를 위해 음지에서 일한다는 것에 자부심을 느끼며 생명의 위험도 도외시하던 분이시다.

그렇기에 수혁은 꼭 아버지의 죽음에 대한 비밀을 꼭 알아내야만 했다.

그리고 그 비밀을 알고 있는 사람은 아버지의 정체를 알려준 국정원 내 배신자와 그의 투서를 받아 직접 아버지를 죽인 마오다.

그래서 수혁은 리링의 부탁을 들어줄 수 없는 것이다.

"小姐! 敵人來(아가씨! 적들이 몰려옵니다)!"

한쪽에서 망을 보고 있던 첸이 다급하게 소리쳤다.

"어서 피해요."

리링은 첸의 다급한 고함 소리를 듣고 수혁을 돌아보며 말했다.

"알았어! 리링도 조심해!"

수혁은 리링의 말에 대답을 하고 자리를 떠났다.

수혁이 뛰어가는 것을 지켜보다 다가오는 첸과 함께 차가 주차되어 있는 곳으로 갔다.

부우웅!

첸은 리링이 차에 타는 것을 확인하고 급하게 차를 출발시켰다.

끼이익!

그런데 두 사람이 탄 차는 얼마 가지 못하고 서고 말았다.

주차장 입구를 막고 있는 차량이 있었기 때문이다.

"小姐, 隨之而來吧(아가씨, 따라오시죠)."

"父親送出去了吧(아버지가 보냈나요)?"

아버지의 오른팔인 차오를 보며 리링이 말했다.

그런 리링의 물음에 차오는 아무런 대답을 하지 않고 그저 바라만 보았다.

그런 차오의 모습에 리링은 어쩔 수 없이 그를 따라 아버지에게 갔다.

*   *   *

"辰, 他救了(첸, 그를 구해줘)!"

리링은 아버지를 만난 뒤 사실을 듣게 되었다.

자신을 구하기 위해 흑룡강파에 수혁을 미끼로 던져주었다는 사실을 말이다.

애인이 위험하다는 사실을 듣게 된 리링은 그녀가 도움을 청할 수 있는 사람이 첸뿐이란 것을 알고 그에게 부탁을 하는 것이다.

그런 리링의 부탁에 첸은 말없이 그녀를 지그시 쳐다보았다.

어려서 양친을 모두 잃고 고아가 되어 거리를 떠돌다 굶주림에 죽어갈 때, 그를 살려준 것이 리링의 아버지 마오였다.

자신의 생명을 구해준 것이 마오였기에 어린 마음에 자신의 생명을 다해 그를 따르리라 다짐을 했다.

그래서 마오가 자신에게 딸인 리링을 보호하라는 명령을 내렸을 때 두말하지 않고 그대로 따랐다.

원래는 마오의 곁에서 그의 생명을 지키는 보디가드가 되고 싶었지만, 마오가 원했기에 그의 딸인 리링을 곁에서 모셨다.

그러다 폭력 조직의 두목의 딸이라고는 믿기지 않을 정도로 순수하고 아름다운 리링에게 반했다.

어느 순간부터 그에게는 마오보다 그의 딸인 리링이 우선 순위가 되었다.

리링의 곁에 있으면서 참으로 위기도 많았다.

삼합회를 떠받드는 세 개의 기둥 중 하나인 죽련의 대형이 된 마오에게 적은 너무도 많았다.

죽련의 경쟁 조직들도 적이지만, 그가 대형으로 있는 죽련 내에서도 마오의 적은 있었다.

그 때문에 마오의 약점이라 할 수 있는 리링은 언제나 납치의 위협에 놓였다.

사실 지금가지 리링이 살아 있는 것도 첸의 노력이 아니었다면 장담할 수 없었다.

첸은 그렇게 처음 리링을 보았을 때부터 지금까지 추억들을 되새겼다.

"知道了(알겠습니다)."

이미 마음속의 주인이 된 그녀의 부탁이기에 첸은 가슴이 아팠지만 이수혁에게 일이라도 생긴다면 그녀가 더 아파할 것이 분명했기에 첸은 그녀의 부탁을 들어주기로 했다.

리링에게 인사를 하고 첸은 굳은 표정으로 자리를 떠났다.

＊　　　＊　　　＊

"殺吧(죽여라)!"

와아!

이수혁은 리링과 헤어져 도망을 쳤다.

하지만 어느 순간 쫓던 사람들에 의해 포위가 되었다.

"젠장!"

이수혁은 주변을 살펴보았다.

혼자 상대하기에는 적들의 숫자가 너무도 많았다.

싸움에 자신은 있었지만 너무도 많은 적들로 인해 앞날이 불투명했다.

'어떻게든 빠져나간다.'

비록 적이 많다고는 하지만 절대 이대로 죽을 수는 없었다.

앞을 보니 마치 도끼처럼 무식하게 생긴 식육도를 든 깡패 하나가 공격해 왔다.

"얍!"

수혁은 깡패의 공격을 회피하며 짧은 기합성과 함께 명치를 주먹으로 공격했다.

"억!"

수혁을 공격하다 기습을 당한 깡패는 숨 막히는 외마디

비명을 지르며 제자리에 주저앉았다.

"什么啊! 准不做(뭐 하는 거야! 똑바로 안 해)!"

뒤에서 있던 흑룡강파의 간부는 자신의 뜻대로 되지 않자 화를 내며 부하들에게 소리쳤다.

우와!

한 명이 수혁을 공격하다 반격에 쓰러지는 것을 본 깡패들이 두목의 명령에 함성을 지르며 떼로 달려들었다.

하지만 수혁은 그런 깡패들을 보며 전혀 당황하지 않고 침착하게 조금 전 자신을 공격하다 자신의 반격에 당해 쓰러진 깡패가 흘린 식육도를 들었다.

수혁이 무기를 드는 것을 보았음에도 깡패들은 전혀 동요하지 않고 달려들었다.

그런 깡패들의 모습에 수혁은 들고 있는 식육도를 휘두르며 반격에 나섰다.

"억!"

"으악!"

비록 식육도가 익숙하진 않지만 무기를 들고 있는 것과 없는 것의 차이는 컸다.

더욱이 식육도는 그 생김새만큼이나 무척이나 무식한 무기다.

일반적으로 칼이란 것은 뼈를 자르기에는 무척이나 부적합한 무기다.

그래서 뼈 자르는 전용의 무기들이 있다.

하지만 식육도는 식도임에도 단번에 고기와 뼈를 자를 수 있을 정도로 단순무식 했다.

"윽!"

하지만 일당백은 없었다.

수혁이 국정원 요원으로 특수교육을 받았다고는 하지만 생명의 위협도 도외시하며 덤벼드는 흑룡강파의 깡패들의 공격을 모두 막아낼 수는 없다.

그 때문에 깡패들도 수혁의 공격을 받아 쓰러졌지만, 수혁 또한 깡패들의 공격을 허용하고 위기에 몰렸다.

왼쪽 옆구리와 팔에도 칼을 맞아 부상을 입었고, 오른쪽 허벅지에도 공격을 허용하여 피를 흘리고 있었다.

만약 이대로 시간이 흐른다면 수혁은 과다출혈로 생명이 위험해질 수도 있었다.

한 손으로 옆구리에서 흘러나오는 피를 막기 위해 누르며 오른 손은 들고 있는 식육도를 앞으로 내밀며 남은 깡패들을 견제하였다.

"認輪吧(항복해라)!"

리링을 납치하기 위해 몰려왔던 흑룡강파의 간부는 수혁을 보며 외쳤다.

리링은 이미 도망쳤으니 애인인 그를 미끼로 리링을 불러낼 생각이었다.

하지만 수혁은 그가 무엇 때문에 자신에게 항복하라고 하는 것인지 알고 비릿한 미소를 지었다.

"후후, 拒絕(거부한다)."

"那幺, 沒瓣法(그럼 어쩔 수 없지)."

항복을 권유했던 그는 차가운 눈으로 수혁을 보다 소리쳤다.

"處理了(처리해)!"

두목의 명령에 잠시 소강상태가 되었던 싸움이 다시 시작되었다.

와아!

퍽!

"으악!"

막 지친 수혁을 공격하려던 흑룡강파의 깡패들은 갑자기 난입한 한 사람으로 인해 목적을 이룰 수 없었다.

"沒啥貨色(웬 놈이냐)!"

불청객의 등장으로 자신의 목적을 이루지 못한 두목이 소리쳤다.

하지만 이수혁과 흑룡강파의 깡패들 간의 싸움에 난입한 사람은 그의 질문에 대답하지 않고 뒤도 돌아보지 않은 채 이수혁에게 말을 하였다.

"這里是我承擔, 去吧(여긴 내가 맡겠다. 떠나라)!"

첸은 리링을 위해선 이수혁이 죽어선 안 되지만, 그렇다고 이대로 이수혁이 리링의 곁에 있는 것은 두 사람 다 불행해지는 것이라 생각해 그에게 떠나라는 말을 하였다.

그런 첸의 말을 들은 이수혁은 잠시 그 말을 곱씹으며 생각을 하였다.

'그동안 날 못마땅하게 생각하더니 무엇 때문에 날 구해 주는 것이지?'

한국에 있을 때부터 그는 자신을 못 마땅한 눈으로 지켜 보았다.

그런데 자신이 위급한 지경에 처하자 자신을 구해주려는 이유를 알 수 없었다.

"爲幺什(무엇 때문이지)?"

자신을 구해준 이유를 물었다.

"姑娘的意思(아가씨의 뜻이다)."

다른 말을 하지 않고 첸은 간단하게 리링의 뜻이라고만 대답을 하였다.

그러고는 수혁과 자신을 포위하고 있는 흑룡강파의 깡패들에게 뛰어들었다.

Chapter 8
사고를 치다

스튜디오 안, 많은 사람들이 모여 커다란 화면을 보고 있었다.

그들은 화면 속 연기자들의 연기를 보면서 하나 같이 무언가에 홀리기라도 한듯 무의식적으로 시선을 화면 속 누군가에게 고정시키며 보았다.

이들은 후지이 TV의 연예 대담 프로그램인 芸能のインタビューショー(연예 인터뷰 쇼)의 MC와 패널, 그리고 이를 지켜보는 방청객들이다.

그리고 이들이 보고 있는 것은 오늘 인터뷰 쇼에 출연하는 게스트가 출연했던 드라마다.

이 드라마는 요즘 일본에서 한창 인기상승 중인 드라마였는데, 일본의 드라마가 아닌 한국에서 수입한 드라마였다.

배동준, 장인석 등 한때, 한류 드라마의 열풍이 있었지만, 너무나도 강한 한류 바람으로 인한 극우주의자들의 거센 반발과 정치인들의 정책이 맞물리면서 한류에 맞서 혐한류가 몰아치면서 드라마 한류는 그 기세가 꺾이고 말았다.

그 때문에 한국 드라마들은 처음 일본에 수출하던 것을 노선을 변경해 중국과 동남아시아로 눈을 돌렸다.

그 바람에 일본에서 한류라 하면 K—POP이라 인식이 될 정도로 드라마와 영화과 같은 미디어는 진출이 줄어들게 되었다.

그런데 문화 TV에서 얼마 전 방영된 드라마 '울프독'은 이런 혐한 분위기 속에서도 후지이 TV에서 독점 수입을 하여 방영을 하였다.

이는 한국의 K—POP 스타 로열 가드의 리더 수현이 출연을 했다는 이유로 일본 내 로열 가드의 팬들이 방송국에 청원을 하여 이루어진 것이다.

일본의 로열 가드 팬들이 처음 로열 가드를 알게 된 계기는 다름 아닌 아시아의 여왕이라 불리는 최유진 때문이었다.

사실 최유진이 아시아의 여왕이란 닉네임을 얻게 된 것은 다른 나라도 아닌 자존심이 강한 일본에서였다.

별명 짓기를 좋아하는 일본인들 답게 J─POP의 여왕 아무로에 비견되는 노래와 춤 실력은 물론이고 드라마와 영화에도 맹활약을 하는 최유진을 보면서 그들은 최유진에게 아시아의 여왕이란 닉네임을 선사했다.

그런 최유진이 신인 보이그룹 로열 가드의 피처링에 참여를 한다는 정보를 듣고 로열 가드에 대한 조사를 하게 되었다.

그리고 로열 가드의 멤버들의 면면이 드러나면서 그녀의 팬들은 로열 가드에 열광하게 되었다.

모델 뺨치는 기럭지와 완벽한 비율을 가진 몸매 그리고 연예인으로서 기본이면서도 무엇보다 중요한 페이스, 거기에 더해 완벽한 춤과 가창력을 가진, 정말이지 일명 만찢남 (만화를 찢고 나온 남자)이 바로 거기에 있었다.

그러니 당연 로열 가드에 열광을 할 수밖에 없었고, 살짝살짝 보이는 숨은 근육들은 여성 팬들의 가슴에 불을 지폈다.

특히 리더 수현은 유약하고 여리여리한 일본의 남자들과 전혀 다른 야성미와 섹시함을 동시에 겸비한 남자였다.

야외 예능에서 보여준 무서운 속도로 장애물을 극복하고 예쁘게 분장을 한 공주(여왕)를 구출하는 장면은 여성들에게 감정이입을 하게 만들었다.

그렇게 로열 가드와 수현은 자신도 모르는 사이에 한류의 한 부분을 차지하게 되었다.

그런데 정작 로열 가드는 일본에 활동을 하지 않았다.

중국과 동남아시아는 몇 차례 공연을 하러 갔으면서도 유독 일본에는 오지 않았는데, 그 모든 것이 혐한 시위 때문이었다.

그러한 사실이 알려지면서 일본 내 K—POP 팬들은 성명을 발표하기에 이르렀다.

국민의 행복 추구권에 대한 성명 발표를 통해 혐한 시위에 대한 반대와 자신들이 좋아하는 한국의 스타들을 자유롭게 볼 수 있게 보장하라는 내용이었다.

너무도 많은 일본인들이 그들의 성명에 찬성을 하고 청원서에 사인을 하자 일본의 정치인들도 한 발짝 물러났다.

우익 정서에 편승해 규제를 강화했던 한류에 대한 제제를 완화하였다.

그리고 그 첫 수혜자는 바로 로열 가드가 되었다.

규제 완화로 한국에서 제작된 영화와 드라마가 수입 방영이 되었는데, 그중에 수현이 출연한 드라마 울프독이 가장 히트를 쳤다.

그도 그럴 것이 울프독은 일본인들의 취향에도 잘 맞는 드라마였다.

아니 첩보&멜로는 어느 나라든 잘 맞는다.

그거 그 안에 표현의 방식이 조금씩 다를 뿐이다.

그런 측면에서 올프독은 일본에서는 거의 무명이나 다름 없는 배우들이 주조연으로 출연을 하는 것이 약점이 될 수도 있었지만, 오히려 그런 것이 식상하지 않아 선풍적인 시청률을 만들어냈다.

더욱이 아이돌 출신인 수현이 조연으로 출연을 한다는 소식을 들은 K—POP 팬들은 수현이 어떤 연기를 했을지 관심을 가졌고, 또 혐한들은 전문 배우가 아닌 아이돌 출신이 출연하였으니 얼마나 엉망인 연기를 했을까 하는 생각에 그 것을 직접 보고 꼬투리를 잡기 위해 시청을 하였다.

그 때문에 한류 드라마 사상 최고의 시청률을 만들어냈다.

이러한 것이 고무되어 일본의 방송계에선 로열 가드와 수현에 대한 관심이 높아졌다.

그리고 로열 가드가 이번에 일본에 진출을 한다는 소식을 듣고 섭외 전쟁이 벌어졌다.

이로 인해 킹덤 엔터는 손도 안 되고 코를 푸는 경험을 하게 되었다.

사실 해외 진출이라는 것이 결코 만만한 것이 아니기 때문이다.

그런데 수현이 출연한 드라마 한 편으로 인해 로열 가드의 일본 진출은 시작부터 순풍을 받아 순항을 하였다. 아니, 쾌속 항진을 하고 있다.

"아! 최고입니다."

"대단해요."

연예 인터뷰 쇼의 MC 쇼타는 드라마가 끝나자 큰 소리로 소리쳤다.

그런 쇼타의 목소리에 옆에 있던 여성 MC인 마리아 료코도 아직도 드라마의 감동에서 벗어나지 못한 눈빛으로 대답을 하였다.

"역시 우리 일본 드라마와는 뭔가 깊이가 다른 것 같아요."

평소에도 친한류 발언으로 욕을 먹고 있던 마리아 료코는 무의식적으로 일본 드라마와 방금 본 한국 드라마를 비교를 하는 발언을 하였다.

하지만 이 자리에 있는 어느 누구도 그녀의 말에 반박을 하는 이는 없었다.

실제로도 이들이 느끼기에 자국의 드라마와 한국에서 수입한 드라마의 수준이 다르게 느껴졌기 때문이다.

"쇼타 상!"

"네!"

"그런데 우루프 도끄를 보여준 이유가 뭔가요? 설마 오늘 손님이 저 드라마의 주인공들인가요?"

마리아 료코가 메인 MC인 쇼타에게 물었다.

그런 그녀의 질문에 쇼타는 사전에 제작진에게 들었던 이야기를 들려주었다.

"하하, 맞기도 하고 또 틀리기도 합니다."

"네? 그게 무슨 소리죠?"

료코는 쇼타의 대답에 고개를 갸웃거리며 물었다.

자신의 말이 맞다는 것인지 틀리다는 것인지 헷갈렸기 때문이다.

"제가 맞다고 한 것은 료코 상의 말처럼 저 드라마의 출연자가 맞다는 말입니다."

"그래요? 그럼 틀리다는 것은 무슨 뜻이죠?"

그녀는 쇼타의 설명에 고개를 끄덕이다 아직 이해가 되지 않는 부분에 대해선 다시 질문을 하였다.

"네, 틀렸다고 한 것은 오늘 초대한 손님은 우루프 도끄의 주연이 아닌, 방금 전 보신 장면에서 멋진 활약을 하신 보디가드 첸, 아니, 첸 역할을 하신 로열 가드의 리더 정수현 상이기 때문입니다."

"꺄아악!"

쇼타의 말이 떨어지기 무섭게 갑자기 료코가 새된 비명을 질렀다.

그리고 그건 그녀만의 현상이 아니라 방청석에 있던 여성 방청객들 대부분이 그와 비슷한 비명을 질렀다.

그 때문에 연예 인터뷰 쇼의 촬영이 잠시 중단이 되는 해프닝이 벌어졌다.

"허! 대단한 반응입니다."

촬영이 다시 시작되자 쇼타는 갑자기 들려온 료코와 여성 방청객들의 비명 소리에 깜짝 놀랐던 심정을 말했다.

"죄송합니다. 죄송합니다."

료코는 쇼타의 멘트에 고개를 숙이며 사과를 하였다.

그녀가 생각하기에도 방금 전 자신이 보인 반응은 절대 방송에서는 보여선 안 될 실례였다.

하지만 요즘 울프독, 아니, 울프독에 출연했던 수현에게 빠져 있는 그녀이다 보니 자신이 좋아하는 한류 스타가 자신이 진행하는 프로그램에 출연을 한다는 말에 경악을 한 것이었다.

"하지만 정말, 정말 요즘 제가 정수현 상에게 푹 빠져 있거든요. 드라마에서 맡은 첸의 모습이나, 작년 데뷔할 당시 연예 오락 프로그램에서 보여준 공주님을 구하는 모습을 보면서 그만 반하고 말았습니다."

이야기를 하면서 료코는 얼굴이 후끈 달아오르는 느낌에 고개를 숙이며 몸을 비비 꼬았다.

그런 료코의 뜻하지 않은 반응에 쇼타는 눈을 반짝이며, 일본 예능 특유의 과장된 목소리를 하며 료코를 놀렸다.

"에에! 료코 상! 수현 상은 당신보다 연하인데, 료코 상 이상형이 연하남이었습니까?"

쇼타는 그녀의 나이를 꼬집으며 놀려 댔다.

마이라 료코, 그녀의 나이는 이제 30대 중반으로 접어드는 나이였다.

10대 때부터 영화와 드라마에 출연을 하였고, 최근에는 '정의는 승리한다' 라는 법정 드라마에서 열혈 검사로 카리스마 넘치는 여성 검사의 모습을 보이며 일본 직장 여성들이 가장 닮고 싶은 연예인 1위로 뽑히기도 했다.

그러면서도 아직 미혼인 그녀로 인해 냉가슴 앓고 있는 남자가 상당했다.

그 때문에 한때 료코가 여자에게만 관심이 있는 레즈비언이라는 루머가 돌기도 했는데, 이 모든 것이 30대이면서도 연애에 대한 소문이 하나 없는 그녀의 깨끗한 사생활 때문이다.

그런데 방금 전 30대란 나이가 무색하게 마치 스타를 본 소녀 팬 마냥 방방 뜨며 좋아하는 그녀의 모습에 쇼타가 놀린 것이다.

"마음껏 놀려요. 수현 상 정도라면 연하도 전 상관없어요."

쇼타의 놀림에 그녀는 오히려 정신을 차리며 마치 얼마 전 끝냈던 드라마의 검사처럼 냉정한 표정으로 대답을 하였다.

"허어! 졌습니다."

료코의 당돌한 대답에 쇼타는 더 이상 그녀를 놀리는 것을 포기하고 항복을 하였다.

"하하, 더 이상 소개를 늦췄다가는 제가 다음에 이 자리에 서지 못할 것 같으니 빨리 초대 손님을 불러보겠습니다. 정수현 상! 나와주십시오."

쇼타는 얼른 준비된 멘트를 하고 무대 출입구를 가리켰다.

그가 가리킨 곳에는 손님이 나오는 출입문이 설치되어 있었다.

치익!

밑에서 드라이아이스 연기가 솟아나면서 문이 좌우로 열렸다.

따라라!

문이 열리면서 연예 인터뷰 쇼에서 게스트를 맞을 때 나오는 음악이 들렸다.

그리고 안개 속에서 커다란 그림자가 나타나자 방청객석에서 커다란 함성이 들렸다.

"와아!"

"어머! 어머!"

휘익!

드라이아이스의 연기를 뚫고 수현은 당당하게 앞으로 걸어 나왔다.

쇼의 오프닝이 진행이 되고, 무대 뒤에서 대기를 하면서

MC들이 주고받는 이야기를 모두 들었다.

그러면서 수현은 MC 중 한 명이 자신의 팬이란 것을 알게 되었고, 처음으로 멤버들 없이 혼자 출연하는 일본 예능 프로그램의 긴장을 어느 정도 놓게 되었다.

"어서 오십시오."

"반갑습니다."

"처음 뵙겠습니다."

인터뷰는 통역 없이 일본어로 진행이 되었다.

수현이 일본어를 할 수 있다는 정보를 들었기에 후지이 TV에서는 따로 통역을 구하지 않았다.

그리고 킹덤 엔터에서도 수현의 외국어 실력을 알기에 굳이 통역에 대한 언급을 하지 않았으며, 수현 본인도 자신이 일본어를 할 수 있어 그런 것에 불편함을 느끼지 않고 자연스럽게 대화를 하였다.

"자기소개 부탁드립니다."

쇼타는 MC로서 인터뷰 쇼의 진행을 위해 말을 꺼냈다.

그런 쇼타의 부탁에 수현은 빙그레 미소를 지어보이며 방청객석 가운데 위치한 1번 카메라를 보며 자신의 소개를 하였다.

"안녕하십니까? 일본의 팬 여러분! 저는… 정수현이라고 합니다."

자신에 대한 간략한 프로필을 언급하며 마지막으로 로열

가드의 리더 수현이 아닌 본명을 이야기 하였다.

"정수현 상은 예명이 본인의 이름이군요?"

"네, 부모님께서 지어주신 좋은 이름 놔두고 굳이 다른 예명을 만들 필요성을 느끼지 못해서 성을 빼고 이름을 사용하고 있습니다."

수현은 MC의 질문에 사실 그대로를 이야기 하였다.

그럼에도 옆에 있는 여성 MC인 마리아 료코는 뭔가에 홀린 듯한 눈빛으로 수현의 얼굴을 쳐다보았다.

"에에, 료코 상! 정신 차리세요. MC가 손님에게 반하면 어떻게 합니까?"

료코의 멍한 눈빛을 본 쇼타가 그녀를 타박하며 말했다.

하지만 쇼타의 질문에도 료코는 아직도 풀리지 않은 눈빛으로 대답을 하였다.

"오징어들 속에서 조각 미남을 보았는데, 어떻게 그래요. 오늘만큼은 절 그냥 내버려 둬요."

"헐!"

"와하하하!"

그녀의 대답에 쇼타는 충격을 먹었다는 듯 입을 벌리며 황당해 하였고, 방청석에서는 왁자지껄 웃음소리가 터졌다.

"하하하!"

수현도 그녀의 대답에 어처구니가 없어 웃고 말았다.

"아! 웃었어!"

수현이 자신의 대답에 웃는 모습을 보며 마리아 료코는 또다시 무의식적으로 그렇게 말을 하고 말았다.

이로 인해 분명 그녀는 구설수에 오를 것이 분명했지만, 료코는 이 순간만큼은 그런 것에 대해 전혀 신경을 쓰지 않았다.

그저 가까이에서 잘생긴 수현의 얼굴을 보는 것만으로도 좋았기 때문이다.

"에에, 료코 상! 너무 사심을 채우는 것 아닙니까? 방송을 하세요. 방송!"

쇼타는 료코를 보며 마치 장난을 치듯 그녀에게 말을 하였다.

말로는 그녀를 지적하는 듯했지만, 내심 언제나 반듯한 모습만 보여와 예능 프로그램의 MC로써 적합하지 않다는 지적을 받아왔던 료코에 대한 걱정을 했었다.

그런데 오늘 엉뚱한 그녀의 진솔된 모습을 보면서 그녀에 대한 가능성을 보았고, 오늘 촬영하는 방송이 얼마나 성공적일까 생각을 하니 기분이 좋아졌다.

"일본어를 외국인이라고는 믿기지 않을 정도로 발음이 정확하신데, 혹시 다른 나라말 하실 수 있는 것 또 있나요?"

좌담 형식의 토크가 계속되고 마리아 료코는 수현의 일본어가 현지인만큼이나 정확한 것을 보며 질문을 하였다.

아무리 외국어를 잘하는 사람이라도 현지인과 그렇지 않은 사람은 발음이나 악센트에서 차이가 있을 수밖에 없다.

하지만 수현에게선 그런 것이 전혀 보이지 않았기에 궁금증이 생긴 것이다.

더욱이 드라마 울프독에 출연을 하면서 수현은 중국인 보디가드인 첸 역할을 맡고 단 한 번도 한국어 대사가 없이 온리 중국어로만 대사를 했기에 더욱 그러하였다.

물론 드라마 대사였기에 작가가 작성해 놓은 중국어를 그대로 했을 수도 있었다.

"아, 저도 그게 궁금했습니다. 그리고 드라마에서 중국인 보디가드 역할을 맡아 중국어로만 대사를 하던데, 혹시 중국어도 일본어만큼 잘 하시는 것인지 궁금합니다."

쇼타도 옆에서 료코가 하는 질문을 듣고 그 질문에 자신의 궁금증을 첨가를 하였다.

질문을 받은 수현은 잠시 앞에 놓인 물을 한 모금 마시고 차분하게 이들의 질문에 대답을 들려주었다.

"예, 일단 쇼타 상의 질문에 답을 먼저 하겠습니다."

수현은 마리아 료코가 먼저 질문을 하였지만 대답을 하는 과정에서 쇼타의 질문에도 답을 하자면 그의 질문부터 답을 하고 료코의 몇 개 국어를 할 수 있냐는 질문에 답을 하는 것이 순서이기에 그렇게 이야기를 하는 것이다.

"드라마에서 제가 중국인 보디가드 역할을 맡으면서 한

대사는 제가 직접 한 것이 맞습니다. 원래는 한국어로 대답을 하고 자막으로 처리하는 것으로 계획이 잡혀 있었지만……."

수현은 처음 울프독의 제작회의 때 이야기를 들려주었다.

그러면서 고아로 자란 중국인 첸이 폭력조직 두목의 후원을 받으며 무술 수련을 하였는데, 외국어 그것도 그리 중요하다고 할 수 없는 나라의 언어를 자연스럽게 한다는 것은 이치에 맞지 않다고 판단해 자신이 중국어를 할 수 있기에 건의를 드렸는데, 울프독의 작가와 감독이 받아들였다는 것을 이야기하였다.

"아! 그렇게 된 것이군요. 대단합니다."

"오! 수현 상, 대단합니다. 정말로 대단합니다."

수현의 설명을 들은 쇼타와 료코는 눈을 반짝이며 감탄을 하였다.

그도 그럴 것이, 쇼타야 전문 MC이기에 게스트로 오는 스타들의 이야기를 많이 들어 작가와 감독에게 자신의 생각을 말하고 관철시키는 것이 얼마나 어려운지 알기에 그러한 말을 한 것이고, 배우인 료코는 처음 드라마에 참여를 하면서 그러한 이야기를 할 수 있다는 것과 뒤이어 신인 배우의 의견을 수렴하는 한국의 드라마 작가와 감독의 정신에 대한 칭찬을 했던 것이다.

"그럼 중국어도 일본어만큼이나 수준급이라는 말씀이시

군요?"

료코는 수현의 대답에 놀라며 되물었다. 사실 그녀는 지금도 계속해서 그의 일본어 실력에 감탄하는 중이었다.

"아, 네, 그것도 있고, 일본도 그렇지만 비즈니스 언어로 영어는 필수이니……."

"에에!"

자신의 말에 뒤이어 이야기하는 것을 들은 료코는 눈을 동그랗게 뜨며 깜짝 놀랐다.

하나의 외국어를 이 정도 수준으로 하는 것도 사실 쉬운 일이 아니다.

그런데 일본어에 이어 중국어도 현지인과 비슷한 수준에 있는 것으로 판단이 되는데, 수현의 이야기는 일본어와 중국어는 아무것도 아니란 듯 이야기를 수현의 말에 놀란 것이다.

실제로 일본도 제1외국어로 영어를 채택하고 있으며 제2외국어로 불어나 스페인어 같은 유럽의 언어를 선호하고 있었다.

하지만 일본인들의 구강 구조상 영어는 물론이고 불어나 스페인어와 같은 외국어가 결코 쉽지 않았다.

"불어와 스페인어, 그리고 태국어와 말레이시아 언어는……."

수현은 자신이 알고 또 현지인과 무리 없이 대화를 할 수 있는 언어들에 대해 자연스럽게 이야기를 하였다.

하지만 이를 듣고 있는 두 MC나 방청석에 앉아 이들의 토크를 듣던 방청객들은 하나 같이 괴물을 보는 듯한 눈빛을 보내고 있었다.

"그게 가능한 것입니까?"

"Bien sur."

수현은 메인 MC인 쇼타보다 적극적으로 자신에게 질문을 하는 마리아 료코를 보며 웃으며 불어로 대답을 하였다.

"에, 방금 무슨 말씀을 하신 것이죠?"

순간적으로 외국어가 들리자 료코가 당황해 물었다.

"그렇다는 대답이었습니다."

"혹시 그거 불어 아닌가요? 막 몽글몽글한 것이 불어 같은데?"

쇼타는 옆에서 두 사람의 대화를 듣다 끼어들어 물었다.

"맞습니다. 쇼타 상도 불어를 할 줄 아십니까?"

"아, 아니요. 그냥 불어 같아 찍어 본 것입니다."

쇼타는 수현의 질문에 손사래를 하며 불어를 하지 못한다는 것을 어필하며 짐작을 하여 물어본 것이라 대답을 하였다.

그렇게 연예 인터뷰 쇼는 수현에 대한 전반적인 정보에 대한 질문과 앞으로 활동에 대한 계획 등을 이야기하며 진행이 되었다.

비록 수현에 대한 인터뷰는 20분 정도로 짧은 쇼였지만 배우 정수현과 아이돌 그룹 로열 가드의 리더 수현에 대한 많은 정보를 일본의 대중에게 알리는 것에 성공적이었다.

"오늘 저희 쇼에 나와주셔서 정말로 감사합니다."

"정말 즐거운 시간이었습니다. 언제 개인적으로 자리를 하고 싶습니다."

쇼가 마무리 되어갈 쯤 쇼타는 수현에게 마지막 인사를 하였지만, 여자 MC인 마리아 료코는 인사와 함께 사심을 살짝 내보였다.

"오오! 료코 상, 정수현 상에게 데이또 신청을 하시는 것입니까?"

쇼타는 느닷없는 료코의 말에 놀란 눈으로 그녀를 돌아보며 물었다.

"네! 이야기를 나눠보니 너무 매력적인 분이셔서 데이또 신청을 한 것입니다."

방송이 마무리되지 않았음에도 불구하고 료코는 공개적으로 수현에게 데이트 신청을 하였다.

그런 료코의 당돌함에 수현은 순간 당황했다.

물론 수현이 연예인이 되어 방송 활동을 하면서 여자 연예인에게 데이트 신청을 받은 것이 이번이 처음은 아니다.

하지만 방송 중에 대놓고 한 사람은 지금까지 단 한 명도 없었다.

막말로 한국에서 이런다면 방송사고도 이만저만한 사고가 아니다.

그리고 개방적인 일본이라고 해도 마찬가지일 것이다.

그럼에도 용감하게 자신에게 데이트 신청을 한 료코의 모습에 수현은 어떤 대답을 해야 할지 난감했다.

그 때문에 머뭇거리는 수현을 말없이 지긋이 쳐다보는 료코 그리고 그런 모습을 흥미롭게 쳐다보는 쇼타와 방청객과 방송 스텝들, 수현은 자신을 쳐다보는 사람들의 시선을 느끼며 대답을 해야 할 것 같다는 압박을 받았다.

'이런 어떡하지… 에라, 모르겠다.'

뭔가 결심을 한 수현은 료코의 데이트 신청을 받아 주었다.

"알겠습니다. 이런 미녀가 데이트 신청을 하는데, 받아들이지 않는다면 사람들이 제가 고자가 아닌가 말하겠죠?"

수현은 대답을 하고 나서 순간 놀랐다.

료코의 갑작스러운 데이트 신청에 당황해 순간적으로 방송에 적합한 단어인지 아닌지 알 수 없는 단어를 직설적으로 언급을 했기 때문이다.

"이런 제가 너무 당황해 방송에 적합하지 못한 말을 한 것 같은데, 문제가 되지 않을까요?"

수현은 당황해 쇼타를 보며 물었다.

"하하하하, 괜찮습니다. 뭐 수현 상 말마따나 료코 상 같은 미녀가 방송에서 직접적으로 데이또 신청을 하면 그럴 수 있죠. 시청자들께서도 수현 상의 실수를 이해할 것입니다."

쇼타는 수현이 당황해 하며 물어오는 질문에 그렇게 유머러스하게 대답을 하였다.

"하하, 너그러운 쇼타 상과 일본의 팬들에게 감사드립니다."

수현은 자신의 실수를 너그럽게 넘어가는 쇼타에게 그리고 방송을 보고 있을 일본의 팬들에게 사과의 말을 하였다.

"지금까지 한국의 탈랜또이자 아이돌 가수인 정수현 씨와의 인터뷰 쇼였습니다. 안녕히 계십시오."

쇼타는 수현의 사과의 말이 끝나기 무섭게 연예 인터뷰 쇼의 마무리 멘트를 하였다.

짝! 짝! 짝!

쇼타의 인사가 끝나기 무섭게 방청석에서 일제히 박수 소리가 들려왔다.

'후!'

수현은 일본에서의 단독 예능 프로 출연을 마치고 속으로 안도의 한숨을 쉬었다.

*　　　　*　　　　*

와아! 와아!

커다란 홀, 많은 사람들이 모여 한곳을 보며 함성을 질렀다.

그들이 보고 있는 곳에는 커다란 사각의 링이 만들어져 있었고, 그 안에는 두 명의 전사들이 결투를 벌이고 있었다.

그들은 상대를 때려눕히기 위해 피 튀기는 혈투를 벌였다.

그리고 그런 링 가까운 곳에 수현도 자리하고 있었다.

수현이 있는 이곳은 이종격투기의 일종인 Kick―1이라는 단체의 경기다.

한때 Kick―1은 미국의 WFC와 세계 이종격투기를 양분할 정도로 거대했었다.

하지만 무리한 경기 운영과 선수들의 파이트 머니를 둘러싼 잡음 그리고 결정적으로 조직의 운영에 야쿠자가 관여를 하면서 그 인기는 시들해지고 일본 내에서도 타 이종격투기 단체에 자리를 내줬다.

그 뒤로 쇄신을 위해 야쿠자와의 결별은 물론이고 체계적이지 않던 경기 운영 방식을 WFC와 같이 체급별 경기방식으로 바꾸는 등 노력을 하였지만, 아직도 전성기 때의 흥행에는 미치지 못했다.

그럼에도 현재 이곳 체육관에는 2만 5천 석이나 되는 좌석을 꽉 매웠다.

"수현 상! 격투기 좋아하세요?"

마리아 료코는 수현을 돌아보며 물었다.

격투기 매니아인 료코는 흥분된 얼굴로 링 위를 쳐다보며 물었는데, 수현은 링 위애서 싸우는 선수들을 보다 료코의 질문을 받고 그녀를 돌아보았다.

"네, 저도 이런 것 좋아합니다."

한때 태권도 선수를 꿈꾸기도 했던 수현이다.

그리고 남자라면 대부분 이런 류의 스포츠에 열광을 한다.

이는 수현도 마찬가지다. 원초적 수컷들의 피 튀기는 경기를 보면서 대리만족을 하는 남성들의 스포츠, 하지만 현대에 와서는 남자뿐만 아니라 여성들도 이종격투기에 많은 관심을 두고 있었다.

갈수록 여려지고 약해지는 남자들의 모습을 매스컴을 통해 보면서, 그와 반대로 원초적 수컷들의 마초적 모습을 그리워하는 여성들도 늘어났다.

수현의 옆자리에 있는, 아니 수현을 오늘 이 자리에 초대를 한 마리아 료코도 그런 여성들 중 한 명이었다.

*　　　　*　　　　*

링 위에서 경기를 하고 있는 켄고 무사시는 지금 기분이 몹시 좋지 않았다.

오늘 경기만 이기면 챔피언에게 도전할 수 있는 권한이 주어지는 것을 생각하면 잘 이해가 가지 않는 일이다.

더욱이 오늘 상대는 객관적으로도 켄고 무사시에게 상대가 되지 않는 그런 대상이었다.

이는 켄고 무사시가 소속된 프로덕션의 힘이 강력했기 때문에 성사된 매치다.

그러니 오늘 경기만 끝나면 연말에 치러지는 파이널 챌린지에 나갈 수 있다.

그럼에도 불구하고 그가 기분이 나쁜 원인은 다름 아닌 링 밖의 상황 때문이다.

그는 Kick—1 미들급 챔피언이 유력시 되는 인물이면서 일본인으로 최초로 WFC 챔피언이 될 수 있는 존재라 불리고 있었다.

그래서 자신감이 충만한 그는 평소 좋아하던 여배우 마리아 료코에게 청혼을 했었다.

격투기 팬으로도 유명한 그녀이기에 자신이 청혼을 한다면 분명 받아들일 것이라 자신했다.

하지만 예상과 다르게 료코는 그의 청혼을 거절했다.

물론 료코가 청혼을 거절했다는 것이 기분 나쁜 것은 아니다.

어차피 챔피언이 되면 그녀가 아니라 그녀보다 더 유명한 여자 스타와 결혼을 할 수도 있기에 켄고 무사시로써는 마리아 료코의 거절에 화를 낼 일은 아니었다.

그렇지만 자신의 청혼을 단호하게 거절했던 료코가 바로 저 앞에서 어떤 잘생긴 놈과 웃고 떠드는 것이 마음에 들지 않았다.

자신과 방송을 몇 번 같이 하면서도 전혀 보여주지 않았던 모습을 자신이 아닌 다른 남자에게 보낸다는 것이 그의 자존감에 스크래치를 가게 만들었다.

그래서 그런지 무사시의 주먹과 킥 공격이 조금 전보다 더 거칠어지고 과격해졌다.

그 때문인지 일방적으로 당하던 상대는 그런 켄고 무사시의 과도한 오버 페이스를 적당히 이용하며 위기를 넘기고 있었다.

그런 것이 또다시 켄고 무사시의 신경을 건드렸다.

자신의 상대도 되지 않던 자가 바락바락 기어오르는 모습이 그의 기분을 더욱 망쳤다.

더욱이 료코와 웃고 떠드는 이가 그가 싫어하는 한국인이란 것을 쉬는 시간에 코치에게서 듣게 되었다.

그런데 오늘 상대 또한 한국인이었다.

물론 온전한 한국인이 아니라 국적은 미국인인 반쪽짜리 한국이이다.

그래서 더욱 화가 났다.

'이래서 한국인들은 기회가 될 때마다 밟아줘야 해!'

실력도 되지 않는 것이 요리조리 도망만 치면서 기회를 보는 것이 마치 곳간을 노리는 쥐와 같다고 생각한 켄고 무사시는 링밖에 있는 수현과 자신의 상대를 동일시하며 보게 되었다.

'이번 라운드가 마지막이다. 확실히 처리해 주지!'

켄고 무사시는 그렇게 결심을 하며 링 가운데로 나왔다.

땡!

3라운드의 공이 울렸다.

상대를 때려눕히기 위해 달려 나간 켄고 무사시는 큰 동작으로 라이트 혹을 날렸다.

하지만 아무리 실력이 켄고 무사시에 비해 떨어진다고 해도 상대 또한 프로 격투기 선수였다.

아직 체력이 남아 있는 상태에서 그런 큰 동작을 맞아줄 이유가 없었다.

아니, 오히려 켄고 무사시의 오버 액션의 빈틈을 발견하고 크로스 카운터를 먹였다.

퍽!

생각지도 않은 카운터를 맞은 때문에 켄고 무사시는 순간 정신을 잃었다.

쿵!

켄고 무사시가 카운터를 맞고 링 바닥에 주저앉자 심판이 두 사람의 사이로 끼어들어 두 사람을 떼어냈다.

그리고 쓰러진 켄고 무사시를 보면서 카운터를 시작했다.

"1, 2……."

하지만 심판의 카운터를 세는 속도는 평상시 카운터를 세는 속도와 달랐다.

무척이나 느린 속도로 카운터를 세는데, 카운터 하나를 세는데 2~3초가 걸리는 듯 했다.

그렇지만 자신들의 우상인 무사시가 쓰러진 때문인지 현실을 외면한 일본인들은 심판의 느린 카운터에도 별다른 반응을 보이지 않았다.

"6, 7……."

카운터가 절반을 지나가고 있었지만 켄고 무사시는 아직 정신을 차리지 못했다.

그렇지만 처음 다운을 당했을 때보다는 상태가 많이 양호해졌는지 정신을 차리기 위해 자세를 잡고 고개를 흔들고 있었다.

정상적이라면 선수가 이런 행동을 하면 시합을 다시 진행을 하던가 아니면 선수가 경기를 더 이상 진행을 할 수 없는지 가늠을 한 다음 판결을 내렸어야 함에도 불구하고, 심판은 카운터를 멈춘 다음 켄고 무사시의 상태를 확인하는 것으로 시간을 낭비하였다.

그렇게 심판이 벌어준 시간으로 인해 켄고 무사시는 크로스 카운터를 맞고 다운이 되면서 받았던 대미지를 모두 회복하고 정신을 차렸다.

'제길, 너무 방심했다.'

정신을 차린 켄고 무사시는 자신이 너무 상대를 가볍게 보았다는 생각을 하였다.

그래도 상대는 자신과 함께 챔피언에게 도전할 수 있는 도전권을 두고 대결을 하는 상대인데 너무 쉽게 보았다는 판단을 하였다.

그리고 아직 카운터를 맞고 받은 대미지를 완벽하게 해소한 것은 아니었다.

겉으로 보기에는 멀쩡해 보이지만 사실 켄고 무사시의 상태는 정상적이지 못했다.

자신의 상태가 정상적이지 않다는 것을 확인한 그는 조금 비겁하지만 반칙을 쓰기로 결정을 하였다.

어차피 시합에서 걸리면 반칙이고, 걸리지 않으면 기술인 것이다.

상대에게 접근한 켄고 무사시는 조금 전과 다르게 신중하게 상대를 살피며 다가갔다.

한편, 데니스 장은 자신보다 기량 면에서 앞선다는 켄고 무사시를 상대하면서 그가 생각보다 해볼 만하다는 판단을 하였다.

무엇 때문이지 그가 흥분을 하고 있으며, 동작도 커 움직임이 거칠었다.

'해볼 만한데! 어쩌면 내가 이길 수도 있겠다.'

사실 그의 코치진과 그는 사전에 이번 경기는 어렵다는 판단에 최대한 부상을 당하지 않는 선에서 시합을 끝내기로 결정을 하였다.

아직 기량이 완벽하게 갖춰지지 않았으니 다음을 기약하자는 생각이다.

그런데 막상 뚜껑을 열어보니 비록 기량 면에서 켄고 무사시가 약간 우세하다고 하지만 경기 운영을 보니 충분히 해볼 만했던 것이다.

한 번 다운을 당했던 켄고 무사시가 조심스럽게 접근하는 것이 보였다.

'아직 대미지를 모두 회복한 것은 아닐 것이다. 이럴 땐…….'

데니스 장은 신중하게 접근하는 켄고 무사시를 보며 그 또한 신중하게 기회를 노렸다.

하지만 정상적으로 데니스 장을 상대할 생각이 없는 켄고는 가벼운 잽과 로우킥으로 데니스 장의 정신을 다른 쪽으로 몰았다.

몇 번의 접전이 있고 두 사람의 간격이 가까워졌을 때, 사고가 발생했다.

아니, 켄고 무사시의 반칙이 교묘하게 들어간 것이다.

켄고 무사시는 데니스 장에게 가까이 붙고는 그의 발등을 밟았다.

이는 상대가 스텝을 밟으며 자신의 공격을 회피하는 것을 방지하기 위해서다.

실재로 경기에서 이런 경우가 더러 발생을 하는데, 일부러 이러는 것은 선수의 부상의 우려가 있음으로 반칙이다.

감점이 주어지는 위험한 반칙인 것이다.

그런데 켄고 무사시는 마치 시합 중 우연히 발생한 것처럼 꾸며 데니스 장의 발등을 밟았다.

그리고 데니스 장의 움직임이 멈추자 바로 무릎 공격인 니킥을 하였다.

하지만 이도 정상적인 가격 포인트가 아닌 급소인 낭심에 작렬하였다.

퍽!

"악!"

급소인 낭심을 맞아 본 사람은 알 것이다.

그곳이 맞았을 때 얼마나 고통을 유발하는지 말이다.

켄고 무사시는 본인도 남자이면서 급소인 낭심을 가격했다.

그것도 일부러 말이다. 데니스 장이 낭심에서 번지는 고통에 비명을 지르며 바닥에 쓰러졌다.

그런데 켄고 무사시의 반칙은 그것으로 끝이 아니었다.

쓰러져 바닥을 짚은 데니스 장의 얼굴을 향해 위험천만한 사커킥을 날렸다.

마치 축구 선수가 축구공을 차는 듯한 동작이라고 해서 붙여진 사커킥은 이름과 별개로 무척이나 위험한 공격이다.

사람의 머리를 공처럼 차는 동작이니 당연한 말이다.

그런데 켄고 무사시는 Kick―1은 물론이고 모든 이종격투기 대회에서 반칙으로 규정한 사점 상태에서 공격을, 그것도 위험 부위인 머리에 공격을 한 것이다.

다행히 중간에 심판이 두 사람 사이로 끼어들어 사커킥이 성공을 한 것은 아니지만 살짝 빗겨가며 켄고 무사시의 사커킥은 데니스 장의 이마를 빗겨 맞췄다.

와아아!

링 밖의 관객들은 자신들의 영웅이 외국인 선수를 쓰러뜨린 것에 환호를 하였다.

중간에 그가 반칙을 했는지 안 했는지는 중요하지 않았다.

일부 격투기 팬들은 켄고 무사시가 반칙을 했다는 것을 눈치 챘으면서도 그것을 그냥 모른 척했다.

경기는 일본인들의 원대로 켄고 무사시의 KO 승으로 판결이 났다.

물론 곁에서 지켜보던 데니스 장 선수의 스텝들이 고함을

지르며 승복을 하지 않고 켄고 무사시의 반칙에 대해 대회 관계자들에게 어필을 해보지만 같은 일본인인 그들은 이를 받아들이지 않았다.

그런데 사건은 그것으로 끝이 아니었다.

갑자기 켄고 무사시가 마이크를 들더니 항의를 하는 데니스 장의 스텝들에게 큰소리로 야유를 하기 시작했기 때문이다.

"더러운 조센징! 결과에 승복해라! 너희는 우리 1등 민족인 일본인들에게는 안 되는 열등한 민족이다."

참으로 어처구니없는 말이 아닐 수 없었다.

지금이 시대가 어떤 때인데, 마치 80년 전의 군국주의자들이나 주장하던 말을 이런 자리에서 공개적으로 할 수 있는가.

그 때문이지 조금 전까지 켄고 무사시의 승리에 환호하던 팬들도 조용해졌다.

하지만 켄고 무사시는 아직도 뭔가 풀리지 않았는지 계속해서 원색적인 말을 내뱉었다.

"거짓으로 머저리 같은 아줌마들이나 홀리는 쓰레기들, 나가 죽어라!"

수현은 방금 전 말을 하면서 자신을 쳐다보는 켄고 무사시의 시선을 느꼈다.

저 말은 지금 자신에게 하는 말이란 것을 알았다.

그냥 저 황당한 말을 듣고 있을 수가 없었다.

반칙을 이용해 승리를 도둑질한 놈이 상대 선수를 비웃고 비난을 하는 것도 모자라 자신의 민족을 폄하하는 모습에서 분노를 느낀 것이다.

"반칙으로 도둑질한 놈이 어디서 말도 되지 않는 소리를 지껄이는 것인가?"

갑작스럽게 자리에서 일어난 수현이 큰소리로 외치자 장내는 폭탄을 맞은 듯 조용해졌다.

"자신 있으면 올라와라! 너 따위 광대쯤은 손만으로도 충분하다."

수현이 자신의 말에 반응을 보이자 켄고 무사시는 그런 수현을 비웃으며 도발을 하였다.

켄고 무사시의 도발에 수현이 앞으로 걸어가자 갑작스럽게 전개되는 상황에 당황하여 정신을 차리지 못했던 료코가 수현을 따라잡으며 그의 팔을 잡았다.

"참아요. 저 사람은 격투기 선수예요."

료코는 배우이자 아이돌인 수현이 격투기 선수와 싸우려는 것에 놀라며 이를 말렸다.

하지만 수현은 자신의 팔을 잡은 료커의 팔을 살며시 밀어내며 단호하게 말을 하였다.

"나를 개인적으로 무시를 하거나 비난을 한다면 참을 수 있겠지만, 그것이 내 가족이나 나라를 비난하는 것이라면,

그것이 정당한 것이 아니라면 난 참지 않을 것입니다."

너무도 단호한 수현의 대답에 료코는 자신도 모르게 수현의 팔을 잡고 있던 손에서 힘이 풀렸다.

그렇게 료코의 팔을 떼어낸 수현은 링 위로 올라갔다.

너무도 갑작스럽게 벌어진 상황이라 그때까지도 대회 관계자들은 켄고 무사시의 행패나 수현의 행동을 제지하지 못했다.

〈『스타 라이프』 제6권에서 계속〉